ひきこまり
吸《きゅう》血《けつ》姫《き》の悶々《もんもん》
11
Hikikomari the Vampire Countess no Monmon

「久しぶりねっ！
元気してた？」

「ベリーチェイス閣下……!?
どうしてここに」
「はっはっは
私が呼んだの
ですよ」

ひ

[Hikikomari
the Vampire Countess
no
Monmon]

ひきこまり吸血姫の悶々 11

小林湖底

GA文庫

カバー・口絵　本文イラスト
りいちゅ

01 ぷろろーぐ

Hikikomari the Vampire Coun no Monmon

頭が爆発《ばくはつ》しそうになっている。

今、私の目の前には『残された課題リスト』と書かれたノートの切れ端が置いてある。七紅天《しちぐてん》大将軍テラコマリ・ガンデスブラッドがやるべきことがまとめられているのだ。どこどこのお店のオムライスを食べに行くとか、今日中に小説を何千文字書くとか、そういう日常的なやつではない。もっと真面目《まじめ》な感じの面倒くさいやつである。

そこにはスピカのこと、常世《とこよ》のこと、星砦《ほしとりで》のこと、愚者のこと、お母さんのこと——それ以外にもたくさんの課題が記されていた。私は思わず叫んでしまった。

「——考えること多すぎるだろ⁉」

「放置しておくと死ぬタイプの仕事もありますね。特に天文台や星砦は無視できません、やつらはコマリ様を仕留めることに命をかけているような連中ですからね」

「何であいつらそんなにバトルが好きなの？　もう面倒くさいから料理対決とかで決着をつけようよ、一番おいしいオムライスを作れたやつの勝ちっていうルールでさ」

「コマリ様がオムライスの具にされそうですよね」

「野蛮な思考から離れろ!!」

「まあ、コマリの気持ちはよく分かる」

ティーカップをテーブルの上に置きつつ、私の対面に座っている少女が口を開いた。

豪華なドレス、月のように冴《さ》えわたる金髪、大胆不敵で傲岸不遜《ごうがんふそん》な眼差《まなざ》し。

ムルナイト名物の変態皇帝、カレン・エルヴェシアスである。

「逆さ月に天文台、星砦――どのテログループもラペリコ王国の動物レベルで野蛮だ。話し合いで解決できるならそれが一番だと朕《ちん》も思うが、話し合いのテーブルに持っていくためにはまず殴り合いをする必要がある」

「くそ……世も末だな……」

私は悶々《もんもん》としながら紅茶に角砂糖を入れまくった。

場所はムルナイト宮殿の客間。

せっかくの休日だというのに、皇帝から突然呼び出しがかかったのだ。最初はイルカの抱き枕《まくら》にしがみついてシカトを決め込んでいた私だが、「十分以内に来ないとそっちにワープして接吻《せっぷん》するぞ」と脅迫されてしまったので従うしかない。

かくして宮殿に参内《さんだい》した私に手渡されたのは、件《くだん》の『残された課題リスト』。

どうやら皇帝は馬車馬《ばしゃうま》のごとく私を働かせるつもりらしい。

が、わざわざリマインドされなくたって分かっているつもりだった。常世での経験は私の心

を成長させる転機となったのだ。スピカやフーヤオとも約束してしまったし、私のできる範囲のことならば何でもやってやろうと思っている。

それはそれとして休暇は欲しい。

人には定期的に惰眠《だみん》を貪《むさぼ》る時間が必要なのだ。

「このリストのうち、朕がもっとも重要視しているのはユーリンの行方《ゆくえ》だ。あの吸血鬼さえ見つけることができれば、この面倒くさい状況の打開策が見つかるかもしれん」

「陛下、コマリ様のお母様の行方は分かったのですか？」

「何とも言えんな」

皇帝は優雅に腕を組んで視線を上に向けた。

「キルティ・ブランからある程度の情報はもたらされた。ユーリンはあちらの世界で〝フルムーン〟なる傭兵団を結成して星砦と戦っていたようだが、何らかの手段を用いてさらに向こう側の世界――第三世界とやらに旅立ってしまったらしい」

「逃げた星砦を追跡していたようですね。キルティ・ブラン殿によれば、常世に充満する瘴気《しょうき》が消えていったのは彼女のおかげでもあるとか」

「まったくもって世話の焼けるやつだ。あいつは昔っから無鉄砲の極みでな、報連相《ほうれんそう》というものをまったくしないんだ。おかげで朕がどれだけ苦労したことか……まあ、そういうところが彼女の魅力でもあったのだが」

ちなみにヴィルやネリアはルミエール村でお母さんに会ったらしい。

めちゃくちゃ羨《うらや》ましかったが、あの時私はスピカに拉致《らち》されていたのでどうにもならなかった。それによく考えてみれば、私はまだお母さんから頼まれたことを達成できていないのだ。六国《りっこく》を一つにまとめ上げた後でなければ、胸を張って再会することはできない、と思う。

まあ、家族としてはめちゃくちゃ心配なんだけど。

でもあの人なら第三世界でも余裕で無双してそうな気がする。

あっちにはスピカも行ったはずだし、案外二人で仲良くやってるかもしれないな。

「今のところ第三世界への通行手段は見つかっておらず、それどころかその手前の常世の調査すら手つかずだ。どう足掻《あが》いてもユーリンの捜索は後回しになってしまう」

「『残された課題リスト』の最後のほうになりそうだな」

「ああ。せっかく再会できると思ってワクワクしていたのに……仕方ないな、ユーリンのかわりにコマリを愛《め》でまくるとしよう。これから二人でサウナに行かないか?」

「やだ」

「わっはっはっは！　そうやって朕を冷たくあしらう感じもユーリンに似ているな！――まあそれはさておき、実のところ現状でコマリにできることはあんまりない。もちろんテロリストどもが襲ってきたら全力で戦ってもらいたいが、それ以外で具体的にすることは特にないのだ」

「え？　そうなの？」

「コマリの役目は基本的に破壊だからな。今はあらゆる意味で調査の段階だから、破壊するべき対象もないのだ」

人を破壊兵器扱いしやがって。第七部隊とは違うんだぞ。

しかし、私は言い知れない高揚《こうよう》を覚えてしまった。

やることがない。つまり「お休み」ということである。常世では次から次へと激ヤババトルに見舞われていたが、ついに引きこもりの真骨頂を発揮《はっき》する時が来たらしい。

「そ、そうか！　それなら仕方がないな！　私としては世界平和のために粉骨砕身《ふんこつさいしん》努力したいところだったが、特にやることがないなら英気を養うしかないよな！」

「コマリ様、アホ毛がダンスしてますよ」

「目下《もっか》最大の懸念事項となっている『常世の調査』および『テロリストの動向調査』はペトローズやヘルデウスに担当してもらっている。コマリがその辺りを心配する必要はない」

「そうだな！　ペトローズやヘルデウスはベテランだから心配の必要はないよな！」

「コマリ様、アホ毛がブレイクダンスしてますよ」

ダンスしたくもなる。

だって休暇なんだぞ？　引きこもれるんだぞ？　もちろん『残された課題リスト』はこなさなければならないが、だからこそ骨休めが必要なのだ。無理して働きすぎれば頭がどうにかなって踊り始めてしまう。

よし。そうと決まれば今日から部屋でバカンスだ。

思う存分インドア生活を満喫しようじゃないか――

しかし皇帝がいきなり爆弾を投下しやがった。

「というわけで、コマリはいつも通りの生活を送ってくれたまえ。具体的には七紅天として戦争に励んでいればよい」

「は？」

宇宙人に話しかけられたのかと思った。

いつも通り戦争？　耳を疑うようなセリフなんだが？

「ちょ、ちょっと待ってよ⁉　休暇がもらえるんじゃないの⁉」

「何を言ってるんだ？　きみは七紅天なんだから働くのが当然であろうが」

「そうだけど！　そうなんだけど！　てっきり遅めの春休みがもらえるのかなって……」

「わっはっは！　社会人に春休みがあるわけなかろう！」

脳味噌《のうみそ》にどす黒いモヤモヤが広がっていった。

ヴィルが私のアホ毛をいじって遊んでいるのも気にならないくらいの絶望。

「それにコマリ。きみは今、生きるか死ぬかの瀬戸際《せとぎわ》に立たされているぞ」

「どういうこと……？　いつも立たされてるけど……？」

「契約を忘れたのか？　七紅天は三カ月に一度、他国と戦争をして勝利しなければならないのだ。これを破った時、魔法の力で爆発して死ぬようになっている。きみが最後にエンタメ戦争で勝利したのは今年の一月だったから、あとちょっとで三カ月が経《た》つな」

な……何だそれ……⁉

今更そんなカビの生えた設定を持ち出しやがって……‼

「見逃してくれない？　常世で色々忙しかったし」

「そうしてやりたいのは山々だが、魔法は自動的だから朕の力ではどうにもならん」

「爆死したくないいんだけど？」

「だったら戦争で勝つしかないな」

「ふぁああああああああああああああああ‼」

私は絶叫して踊り始めた。

せっかく休めると思ったのに！　希代の賢者として崇高なるインドア生活に浸《ひた》ろうと思ってたのに！　上げて落とすなんて冗談じゃねえぞ、告訴されても文句は言えない悪行《あくぎょう》だからな！

——と内心悪態を吐《つ》いたが、駄々を捏《こ》ねている場合ではないのだ。

戦争で勝たなけりゃ死ぬ。

休みが消えたとかいうレベルの話ではない。

「どうしようヴィル！　死にたくないよ！」

「そんなコマリ様に朗報です」

ヴィルがポケットから封筒を取り出した。

そこにラペリコ王国の国章が印刷されているのを目撃した瞬間、私の脊髄《せきずい》に備わっている鋭敏なセンサーが最大出力でアラートを鳴らした。そうだ、このメイドに「朗報です」と言われて本当に朗報だった試しがないのだ——

「——お喜びください。なんとコマリ様に宣戦布告のお手紙が届いています」

「どうせチンパンジーだろ‼　いいよもう分かったよ第七部隊を集めてくるよ‼　今回ばかりは頑張らないと私が死んじゃうからな‼」

「残念ですが、ハデス・モルキッキ中将ではありません」

「え？」

私は不思議な気分でヴィルを見返した。

あの国にチンパンジー以外の将軍いたっけ？

「今回の相手はリオーナ・フラット中将。コマリ様をずたずたにしてやると息巻いているようですね」

リオーナ？

リオーナって、あの猫のリオーナ？

常世での戦いを通して友情が芽生えたと思ってたんだけど？

ああそうか、この世界では殺し合いが挨拶《あいさつ》みたいなもんだったな。あいつもあいつで戦闘民族だから、じゃれ合い程度の気分で戦争を吹っかけてきたのだろう——くそめ!!

「よいではないかコマリよ！　六戦姫《ろくせんき》同士のエンタメ戦争となれば観客も熱狂するであろう。いい機会だからラペリコに思い知らせてやれ、ムルナイト帝国の恐ろしさをな。お土産《みやげ》も期待しているぞ、朕は三味線《しゃみせん》が欲しい」

「ちなみにフラット殿は特別ルールを提示しておりますね。今回は3対3のエンタメ戦争を希望しているようです」

「何それ……？」

「そのままの意味です。両国が三つの部隊を用意して戦争に臨むのだとか。つまり四聖獣《しせいじゅう》三人VS七紅天三人というわけです。他にも色々とややこしいルールが書いてありますが、それはおいおい確認するとして——」

ヴィルが私をまっすぐ見つめて言った。

「この宣戦布告、受けますよね？」

「………………」

拒否なんてできるはずもなかった。

私は大嫌いなピーマンを食らい尽くすような気分で頷《うなず》いた。

1　リオーナ・フラットの起死回生《きしかいせい》

Hikikomari the Vampire Countess no Monmon

ラペリコ王国・王都。

四方を大森林に囲まれた、石造りの都である。

六国《りっこく》新聞による〝栄えている都市ランキング〟では堂々の六位（つまり六国の中枢《ちゅうすう》都市としては最下位）を獲得しているが、実際に住んでいる動物たちにとっては腹の足しにならないランク付けなんてどうでもよかった。彼らは今日もさんさんと降《ふ》り注《そそ》ぐ陽光のもと、のんびりとした生活を営んでいる――

が、王都の中央部に屹立《きつりつ》するラペリコ宮殿は違った。

宮殿の一室にはラペリコ王国が誇る屈強な将軍たち――〝四聖獣《しせいじゅう》〟の全員が集められ、神妙な面持《おもも》ちで円卓を囲んでいるのである。

チンパンジーの獣人、ハデス・モルキッキ中将。

キリンの獣人、ドッキリン・マッキーリン中将。

ペンギンの獣人、ムリペン・ペンタゴン中将。

そして――ネコの獣人、リオーナ・フラット中将。

「――これから四聖獣会議を始めたいと思います！　本日の議題はもちろん『ラペリコ王国がなんか馬鹿《ばか》にされている件について』です！」

リオーナは拳《こぶし》を握って声を張り上げた。

将軍たちは沈黙してこちらの言葉に耳を傾けている。

「皆さんもご存知《ぞんじ》かと思いますが、ラペリコ王国はとても発言力が弱い国です。国際会議の場でもたまに無視されますし、六国新聞なんかには獣人種を馬鹿にするようなコラムが載っています。これはとても遺憾なことだと思いませんか？　ハデス・モルキッキ中将！」

《……左様　我が同胞は　軽んじられている》

腕を組んで座しているチンパンジーに問いかけると、リオーナの脳に直接音声が届いた。こいつはテレパシーでしゃべる。

「だそうです！　ドッキリン・マッキーリン中将もそう思いますよねっ⁉」

「ッ…………‼」

大樹のようにたたずんでいるキリンに問いかけると、無言の圧だけが返ってきた。こいつはしゃべれない。が、その瞳《ひとみ》は得体《えたい》の知れない憤怒《ふんぬ》に燃えていた。

世界には六つの国が存在する。

最近〝常世《とこよ》〟の存在が判明して国家の数も劇的に増えたのだが、まあそれは異世界のことだし今のところ全然交流がないので考えないとして、とにかくこちらの世界には六つの国が存在しているのだ。

で、そのうち、文化・経済・軍事力――色々な観点から考えて覇権を握りつつあるのはムルナイト帝国と白極連邦《はっきょくれんぽう》だろう（かつてはアルカが隆盛を誇っていたが、六国大戦による政権の崩壊で他の追随を許すことになった）。

で、ラペリコの影響力はその二国の足元にも及ばない。国際会議では常に下座だし、ラペリコの王様が何かを言っても共産党書記長あたりに鼻で笑われるのが関の山。ラペリコ王国は〝噛《か》ませ国家〟として名を轟《とどろ》かせているのである。

で、そうなった原因はすでに分かりきっていた。国家の存在感は、得てして所有する軍隊の強さに比例する。夭仙郷《ようせんきょう》もラペリコ王国と同じく影が薄いと言われるが、それはあの国がエンタメ戦争に力を入れてこなかったせいもあるだろう。

「このままではラペリコ王国は没落してしまいます！　四聖獣たる我々が頑張らなければならないのです！　でも――見てください、この成績を！　最近は負けっぱなしじゃないですか！いいえ、最近というか、ここ十年のエンタメ戦争の勝率が二割を切ってますよ⁉」

将軍たちはリオーナが用意したグラフをじっと見つめた。

そこに記されているのは、まさにラペリコ王国が侮《あなど》られる理由に他ならない。

「このままではいられません！　何としてでもこの状況を打破しないといけないんですっ！」

《承知している　だから吾輩《わがはい》は　ガンデスブラッドに　宣戦布告を　続けている》

「勝ち目のない戦いをしたってしょうがないんですっ！　モルキッキ中将、いっつもテラコマリに返り討ちにされてるじゃないですか！　あんなんじゃむしろラペリコ王国が弱いってことを宣伝してるようなものですよ！」

《事実は　時として　人を傷つける》

「拗《す》ねないでくださいっ！」

リオーナは盛大な溜息《ためいき》を吐《つ》いた。チンパンジーは考えなし。キリンも考えなし。やっぱり六戦姫《ろくせんき》に数えられている自分が頭を働かせるしかないらしい——と思っていたら、

「——じゃあリオーナ、何か策があるの？」

それまで黙っていた少女が口を開いた。

眠そうな視線をこちらに投げかけていたのは、白・黒・黄色というペンギンっぽい配色のパーカーに身を包んだペンギンである。ペンギンといってもそこにいるキリンやチンパンジーとは異なり、リオーナのようにほとんど人間形態に近かった。獣人という生物のよく分からなさが詰まっている姿である。

「ムリペン……それを今から皆で考えるんだよ！」

ムリペン・ペンタゴン将軍。

彼女は「ふわあ」と盛大な欠伸《あくび》をしながら言った。

「無理だよ無理無理。私たちは滅びゆく種族なんだよ。適度に侮られながらのんびり暮らせればそれでいいじゃ～ん」

「それじゃ駄目なのっ！　ねえモルキッキ中将⁉」

《うん》

「ねえマッキーリン中将⁉」

「ッ…………‼」

キリンも鬼のような目でムリペンを睨《にら》んだ。この二人は愛国心があるからまだマシだ。

凶暴な草食動物の視線で怯《ひる》んだのか、ムリペンは慌《あわ》てて取り繕《つくろ》い始めた。

「そ、そりゃあ私だってラペリコの名声が高まるなら協力するよ。でも現実的に考えて、そんな方法ないでしょ？　エンタメ戦争だって全然勝てないしさあ。無理だよ無理」

「むむむ……」

その点はムリペンの言う通りだった。

四聖獣は精鋭揃《ぞろ》いだが、天下無双というほどではない。ラペリコの威信を取り戻すための必須条件——それは他国の有名な将軍を撃破すること。しかしそういう輩《やから》は強いから有名なのであり、今のラペリコの将軍に太刀《たち》打ちできるとは思えなかった。

「だから無理なんだって。私たちは大人しく雑魚《ざこ》狩りしてればいいんだよ」

「ムリペンは五回連続で負けてるでしょ～⁉　こっちが雑魚って侮ってる相手にむしろ狩られ

てるのが今のラペリコの状況なの！　ほらほらあんたも考えてよ、このままだと王様に怒られちゃうよ⁉」

「んなこと言われても。テラコマリ・ガンデスブラッドでも倒せれば話は別だけどさあ」

確かにテラコマリを撃破できれば大きな話題となる。

あの子は世界を救いまくっている英雄だ。

その名声は往年のユーリン・ガンデスブラッドに迫る勢いになっている。

そして、やっぱり英雄は英雄と呼ばれるだけの理由があるのだ。

【孤紅《ここう》の恤《とむらい》】だっけ？　あれはリオーナでも破れないでしょ」

「うっ……確かに……あんなの反則って感じだよね」

「そうそう。だから私たちは気楽にいこーよ。あんまり無理しすぎると身体《からだ》に悪いからね、ほどよく手を抜くのが一番なのさ～」

ムリペンを無視してリオーナは思考に没頭する。

テラコマリの強さの秘訣《ひけつ》、それはやはり烈核解放《れっかくかいほう》だろう。

あれが発動すると天地がひっくり返るような奇跡が起こる。相手は死ぬ。

せめて通常時のテラコマリが相手なら何とかなる気がするんだけど。だって普段のあの子は冗談抜きで素人って感じがするし――

ぴこん。

そこでリオーナの頭上に豆電球が浮かんだ。

「――さ～て今日の会議は終わりっ。適当に書類仕事でもしますかぁー」

「待ってムリペンっ！　いいこと思いついた！」

「ぐええええフード引っ張んな！　伸びたらどーすんだよ！」

リオーナは力尽《ちからず》くでムリペンを引き留めた。

チンパンジーとキリンも「何事か」といった様子でこちらを見つめてくる。

その期待に応《こた》えるようにリオーナは叫んだ。

「テラコマリを倒せばいいんだよ！　そうすればラペリコの評価はうなぎ上り！」

「話聞いてなかったの？　あんなバケモノ倒せるわけないじゃん」

「ふふん。実は私、テラコマリとはちょっとした縁があるんだ」

リオーナは得意になって胸を張った。

ムリペンの胡散臭《うさんくさ》そうな眼差《まなざ》しをスルーして、

「戦争にルールを付け加えてもらえばいいんだよ！　私のお願いならテラコマリも聞いてくれるはずだし」

「ルール？　どんな？」

「『烈核解放禁止』！　これなら私たちにもチャンスがあると思わない？」

「――とのことで、今回の戦争でコマリ様は本気を出すことができません」

☆

七紅府《しちぐふ》の七階。私の執務室。

メイドのヴィルが事務的な感じでそう告げた。

幹部会議という体裁であるため、部屋のソファには第七部隊の幹部たちが勢揃いしていた。ヨハン、カオステル、ベリウス、メラコンシー、エステル。もちろん議題はラペリコの将軍リオーナ・フラットから宣戦布告を受けた件についてだ。

今回は普通のエンタメ戦争ではない。

3対3のチーム戦であり、しかも「烈核解放を使ってはならない」という制限つき。

あの猫耳少女が何を思ってそういうルールにしたのかは知らないが、第七部隊のやつら（主にカオステル）にとっては寝耳に水だったらしい。

「――どうして閣下の力が制限されるのですか⁉　あまりにも理不尽ですッ‼」

裁判で無罪を確信していたのに裁判官の心証を損ねたせいで逆転有罪になった時の被告人みたいな顔でカオステルが叫んだ。

「きっとリオーナ・フラットは怖いのでしょう、閣下の魔力で焼き払われて道路にこびりついたシミとなるのが！　こんなふざけた要求に従う必要はありません、我々は我々に相応《ふさわ》しいスタイルで戦闘に臨むべきです」

「お前、まだ勘違いしてるのかよ」

カオステルを嘲笑《あざわら》ったのは骨付き肉をかじるヨハンである。

「テラコマリに魔力なんてないだろ。そいつはいつも通り椅子《いす》に座ってじっとしてりゃいいんだ。迫りくる敵は全員僕が焼き払ってやるからな」

「ヨハン……未《いま》だにそんなことを言っているとは哀れですね」

「はあ？　そっくりそのままお返ししてやるぜ。お前ほど哀れな吸血鬼はいねえよ」

仲間同士で憐《あわ》れみ合うというわけの分からない状況が発生していた。

そういえばヨハンって私が烈核解放使えること知らないんだっけ？　いや何で知らないの？　おかしくない？　けっこう長いこと私と一緒にいるよね？

彼は私のほうをチラリと見て言った。

「テラコマリ。お前には傷一つつけさせないから安心しろよ。ラペリコ王国の猫なんて敵じゃない」

「イエー！　あれは最強の猫に小判。お前は最弱の爆死ヨハン。絶対安心できねえって思われてる。変態のほうがまだマシだってカオステル」

「んだとゴラァ！」

メラコンシーが殴られて吹っ飛んでいった。どうでもいいけどケンカはやめてくれ。七紅府の備品が壊れたら私のお小遣《こづか》いが消えるんだからな。

「と、とにかく！　私は今回のエンタメ戦争では本気を出さない！　あの紅色の魔力――烈核解放はルール上使えないからな！　本陣に座って観戦させてもらうとするよ。私の護衛はヴィルとエステルに任せるとしよう」

「は、はい！　閣下のことは責任をもってお守りします！」

エステルが律儀に敬礼して答えてくれた。やっぱりこの子だけが第七部隊の良心だ。五百人全員がエステルだったら世界はもっと平和になると思うのだが。

それはともかく――私は途方もない不安に苛《さいな》まれていた。

実はこれまで六戦姫とマトモにやり合ったことがないのである。やつらはそのへんのチンパンジーとは違って強敵だ。特にリオーナの戦闘能力は未知数なため、今までのように「ガンガンいこうぜ」で勝てるとは思えなかった。

そう、私はエンタメ戦争において一度も直接的に戦ったことがないのだ。

もしリオーナが本陣まで迫ってきたら確実に死ぬ自信があった。

「……ねえヴィル、本当に大丈夫かな？」

「ご安心ください。死んだとしても魔核《まかく》があれば蘇《よみがえ》れます」

「そうかもしれないけどさぁっ……！」

「まあ、コマリ様が死んだらムルナイト帝国の士気は壊滅ですね。天文台や星砦《ほしとりで》と戦う際に悪い影響が出るかもしれません。たかがエンタメ戦争とはいえ、コマリ様が敗北することは基本的には許されないのです」

「私ってそんな重要な立場なの？」

「はい。次期皇帝陛下ですから」

どこからそんな話が出てきたのか甚《はなは》だ疑問である。

が、あらゆる意味で敗北は避けたかった。

今回も第七部隊の暴走に頼るしかない。私はいつも通り引きこもりに徹するとしよう。リオーナに通用するかどうかは分からんが、ヴィルが何とかしてくれるはずである。

その時、犬頭のベリウスが「閣下」と視線を向けてきた。

「――ふと思ったのですが、閣下は今までエンタメ戦争で戦闘らしい戦闘をしたことがありませんよね」

脳がフリーズしかけた。

まさに私が今考えていたことである。

「……ん？　あれれ？　そうだったけかなぁー」

「もちろん閣下が天下無敵の戦闘能力を誇ることは承知しております。それはあの不思議な力――烈核解放を見ればすぐに分かりますので。しかし、あれは常識外れすぎて我々のような軍人には参考になりません。ちょうどいい機会ですし、第七部隊のやつらに手本を示すという意味でも、今回の戦争では閣下の『通常戦闘』を拝見してみたいのですが」

「ほ。ほう。そうかそうか……」

おい。ベリウス。

お前は。お前は何てことをほざきやがるんだ……⁉

「名案ですねっ‼」

黙って聞いていたカオステルが七面鳥のように叫んだ。

「ベリウスの言う通り、閣下はこれまでエンタメ戦争に消極的でした。それは『レベルの低い争いはしない』という崇高な理念に基づくものですが、今回の相手は仮にも六戦姫です。烈核解放とまではいかなくとも、その類稀《たぐいまれ》なる武力の一端をお示しいただけないでしょうか！」

「ちょ、ちょっと待て⁉　急というか何というか」

「お願い申し上げます閣下！　第七部隊の士気もいっそう上がると思います！」

「でも心の準備というものがあってだな」

「何か不都合があるのですか？　閣下は通常戦闘においても最強の武力を誇っているはずですよね。それは第七部隊の連中が閣下に心酔している理由の一つでもあるのですが……」

「…………」

久しく聞いてなかった呪《のろ》いのワードが浮かんできた。

――〝下剋上《げこくじょう》〟。

まずい。これは本当にまずい。

希代の賢者としての生存本能が冷静な分析を始めた。

どうして私が今日まで一度も死ぬことなくエンタメ戦争を勝ち抜くことができたのか――

それは大きく分けて二つの理由がある。

一つ、部下たちの暴走だけで何とかなっていた。

一つ、その暴走だけで何とかなるような対戦相手しかいなかった。

私は将軍らしく偉そうに指示を出しているだけでよく、直接剣を振るうなんて天変地異が起きても有り得なかった。通常、それだけなら部下たちも疑念を抱くはずである――「ウチの大将って実は弱いんじゃや？」みたいな。

しかしここで奇妙な奇跡が起きていた。

私には烈核解放・【孤紅の恤】という摩訶《まか》不思議な異能力が備わっており、しかも第七部隊の連中は比較的早い段階からこれを目撃していたのである（ミリセント相手に発動した時だと思われる）。ゆえに彼らは自分たちの上司の実力を信じて疑わず、私がエンタメ戦争で実際に戦わないのも「低レベルの争いはしたくないから」みたいなポリシーに則っているのだと勘違いしてくれていたのだ。

だが、その前提が引っくり返されようとしている。

相手は今までと違って「レベルの高い六戦姫」、私が本気を出さない理由が消えた。

さらにルールで禁止されているため、最終奥義の烈核解放に頼ることも不可能。

つまり、私は素《す》の戦闘能力でリオーナとぶつかり合わなければならない。そんなことをしたら私の貧弱な肉体なんて木端微塵《こっぱみじん》になることは目に見えているのだが——

部下どもがキラキラした目で私を見ていた。

阿呆《あほ》らしいことに、私は通常時でもめちゃくちゃ強いことになっているらしい。

第七部隊の期待を裏切れば下剋上が巻き起こってしまう。というかリオーナに負けた時点でヴィル曰《いわ》く「ムルナイト帝国の士気はダダ下がり」らしいので、下手《へた》を打つことは許されないのだ。あと単純に死ぬのはイヤだ。

「……ヴィル。なんとかする方法を考えてくれ」

「コマリ様は己《おのれ》の拳でフラット殿を打ち破ればいいのです」

「そうだな。で？」

「それだけです」

「もっとなんかないのかよ⁉」

「一緒にジムに通いますか？　コマリ様は運動不足ですからね」

「付け焼刃にもほどがあるだろ！　そうだ、やっぱり宣戦布告は拒否しよう！　『その日は友達の結婚式があるんだ』とか言えばリオーナも納得してくれるよ」

「世間が納得しませんよ。コマリ様とフラット殿のエンタメ戦争が開催されることは六国新聞が宣伝しまくってますからね」

「どこから情報を手に入れたんだあいつら！」

「私が流しました」

「余計なことすんな!!」

「だいたいコマリ様に逃げるという選択肢はありません。エンタメ戦争で勝利しなければ七紅天《しちぐてん》の契約で爆死してしまうのですから」

爆死は嫌だあああああ!!――と絶叫しそうになったがグッと堪《こら》える。

ここにはヤバイ部下たちがたむろしているのだ。

私は冷静沈着な大将軍の仮面をかぶって部下たちを見渡した。

「……諸君の言いたいことはよく分かった。次の戦争では私に先陣を切ってほしいと」

「はい！　是非《ぜひ》！」

「しかしカオステル、こんな諺《ことわざ》を知っているか？　能《のう》ある鷹《たか》は爪《つめ》を隠《かく》す――つまり、真の強者は無闇《むやみ》にその力をひけらかさないのであって」

「さっそく広報活動を開始いたします！　今こそ六国中に知らしめるべきでしょう、ついにテラコマリ・ガンデスブラッドが動くという一大ニュースを！」

「おい。私の話を――」

「各班長は己《おのれ》の班員の練度を高めておくこと！　閣下の覇道の足手まといになったら死刑で

すよ死刑！」

「分かっている。ただちに訓練に取り掛かろう」

「イエーッ！　オレの出る幕はナシ。閣下が殺すって話。サポート準備は万端で。フラットの軍備は爆散で。閣下の本気が楽しみだぜイエアア！」

「お前ら！　ちょっと待っ」

て、と言い終えることはできなかった。

ベリウス、カオステル、メラコンシーの三人組は大騒ぎしながら執務室を出ていった。やっぱりあいつらには耳が生えていないらしい。後に残されたのは、そわそわした様子のエステルと、呆《あき》れた様子で肩を竦《すく》めるヨハン。

「あいつらマジで馬鹿だよな。この戦争のことが何も見えちゃいねーんだ」

「ヘルダース中尉。あなたも馬鹿の一種だと気づいたほうがいいですよ」

「はっ、そんなわけ分かんねえ挑発には乗らねえよ。――つまり、この戦いでテラコマリが上手《うま》く実力詐称できるようにサポートすればいいってハナシだろ？」

ヨハンがゆっくりと立ち上がる。

ぐるぐると肩を回しながら私を見つめ、

「僕も協力するよ。お前に何かあったら第七部隊はオシマイだからな」

「ヨハン……！」

私は素直に感動してしまった。勘違いはあるけれど、私のことを純粋に心配してくれているのだ。ヨハンは死ななければ強い。死にさえしなければ心強い味方になってくれる。

「ありがとう！　お前がいてくれてよかったよ」

「べ、別に大したことじゃねえだろ。お前に協力するのは当然のことだし」

「いーや、第七部隊には私のことを分かってくれるやつが全然いないんだ。ヨハンみたいに話の通じるやつは貴重だよ」

何故《なぜ》かヨハンは顔を赤くしてモゴモゴした。

私から目をそらし、不器用そうに腕を組んで、

「ま、まあな！　こういう仕事は他のバカどもにはできないよな！　お前がちゃんと将軍できるように僕が支えてやぎゃあああああああああああああ!?」

ヨハンの腹部にぶっとい針が刺さった。エステルが「きゃあああ!?」と口元を押さえて叫ぶ。驚愕《きょうがく》して振り返ると、まるで何かを投擲《とうてき》した後のようなポーズをとっているヴィルを目撃した――って何やってんだよこいつ!?

「おいヴィル!?　戦いの前にヨハンが死んだらどうするんだ!?」

「針治療です。ヘルダース中尉の疲労をとってあげようかと思いまして」

「なんだそうだったのか……」

私はほっと胸を撫《な》で下ろす。

ヨハンは「ふぁあ」と変な声をあげて意識を失った。

ゆっくり休んでくれ、最近は訓練とかで頑張ってるみたいだしな。

「――あの、閣下、私は詳しく存じ上げないのですが、」

エステルが言いにくそうに口を開いた。

「やっぱり閣下って烈核解放を使っていない時はあんまり戦うのが得意じゃなかったりするんですか……？」

「そうですね。通常時のコマリ様はガガンボに毛が生えた程度の戦闘能力です」

「何だよガガンボって……ごめんエステル。騙《だま》すつもりはなかったんだけど……いやめちゃくちゃ騙すつもりだったんだけど。でも悪気はなかったんだ」

「だ、大丈夫ですっ！　閣下が七紅天に相応しい素敵な御心の持ち主だということはよく承知しております！　ガガンボのことは絶対に誰《だれ》にも言いませんっ！」

「ありがとうエステル……！」

感激して彼女の手を握ろうとした瞬間。

ヴィルが私の腕をぎゅっとつかんで制止した。

「エステルと戯《たわむ》れている場合ではありませんよ。エンタメ戦争の準備をしましょう」

「準備って言われても……何をすればいいんだ？　やっぱり筋トレ？」

「もちろんコマリ様を鍛えることも重要ですが、今回は第七部隊以外の参加者も集める必要があります。もしかしたらそれが突破口になるかもしれませんね」

「あ……」

そうだ。何故か今回は3対3のチーム戦なのだ。実力隠蔽《いんぺい》に協力してくれるメンバーを集めることができれば、上手く誤魔化《ごまか》すことができるかもしれない……！

☆

「――ごめんなさいっ！　その日は用事があるんですっ！」

ムルナイト宮殿のカフェテラス。

目の前で申し訳なさそうに頭を下げている美少女、サクナ・メモワールを見つめながら、私は崖から突き落とされたような気分を味わっていた。

仲間を集める必要があると知った私は即座にサクナのもとへ向かった。

サクナならば私の事情を理解してくれると思ったからだ。

だがこの結果は何だ？　断られるなんて想像もしてなかったんだけど？

私は震える手でカップをつかみ、ぐいっと苦めのコーヒーを呷《あお》ってから、

「――そ、そうか。まあサクナも忙しいだろうしな」

「本当にごめんなさい。一緒に戦いたいのは山々なんですが……」

「ちなみに用事って何なの？」

「白極連邦とエンタメ戦争です……」

「残念でしたねコマリ様。メモワール殿はコマリ様に飽きてしまったようですよ」

ヴィルが何故かドヤ顔で言った。

サクナが大慌てで「飽きてませんっ」と叫ぶ。

「コマリさんは私の恩人ですから！　飽きるはずがありませんっ！」

「え？　サクナ？」

「いえ、あの、飽きるはずがないっていうか、とにかくコマリさんはいつでも私の尊敬する方なんですっ。七紅府が発売してるグッズも全部集めてますっ」

「そうですか。ちなみに私は来週発売予定の『コマリン缶バッジ』を全種類持ってますよ。もちろんメモワール殿は持っていないでしょうけれど」

「ど、どうしてそれを……⁉」

「グッズを企画・監修しているのは我々第七部隊ですからね。そういう点でも私はあなたよりも高みに立っているのです」

「うっ……」

「欲しいですか？　欲しいですよね？　ストーカー行為をやめると宣言するなら一つだけ恵んであげてもいいですよ。そろそろ迷惑していたところですからね、ガンデスブラッド邸の廊下にあなたの銀髪らしきモノが落ちていた時はさすがに目を疑いましたが――」

「お前ら何の話をしてるんだよ⁉　戦争の話をしろよ⁉」

ヴィルが「見てくださいコマリ様」と楽しげに缶バッジを見せびらかしてきた。

わけの分からんグッズが勝手に作られているのは日常茶飯事《にちじょうさはんじ》なのでスルーしておく。

今はいかにしてエンタメ戦争の参加者を集めるかが重要なのだ。

「サクナがストーカーなんてするわけないだろ。それよりも七紅天だよ七紅天。サクナが参加できないとなると、別のやつに当たらなくちゃいけないいんだけど……」

「ヘルデウスさんとペトローズさんは忙しいみたいです。常世とか天文台とかについて色々調べているって聞きました」

「そういえば皇帝もそんなこと言ってたな……」

ヴィルが「ふむ」と腕を組み、

「となると残りは三人ですね。フレーテ・マスカレール、デルピュネー、ミリセント・ブルーナイト――いずれもコマリ様とは相性最悪の殺人鬼ばかりです」

「ぐぬぬ……」

デルピュネーはミステリアスすぎてよく分からない。

ミリセントは昔のこともあるから微妙に関係がぎくしゃくしている。

そしてフレーテはヤバイ。何がヤバイかって殺されそうだからヤバイ。こないだ第七部隊の流れ弾がティータイム中のフレーテに襲いかかったのだ。もちろん暗黒魔法で防御されたのだが、その際に紅茶が服にかかってしまったらしく、火山が大噴火するような勢いで「テラコマリ・ガンデスブラッドオオオ!!」と叫んでいる姿を目撃してしまった。

私は即座に逃げた。それ以来あいつとは顔を合わせていない。

できることなら他の二人から選びたいところだが――

「――あらガンデスブラッドさん。ごきげんよう」

背後から聞き覚えのある声が聞こえた。

私は神のごとき反射神経を発揮《はっき》した。咄嗟《とっさ》に身を翻《ひるがえ》してテーブルの下に潜《もぐ》り込むと、闇《やみ》に潜《ひそ》む忍者のように気配を消すことによって危難をやり過ごそうとして――しかしヴィルに力尽くで引っ張り出されて「うわあ！」と悲鳴をあげてしまった。

「おいヴィル！　私が殺されたらどうするんだ！」

「大丈夫です。フレーテ・マスカレールごときに後れを取るコマリ様ではありません」

「取るから慌ててるんだろうが！　こいつはめちゃくちゃ強いんだぞ！　私が今まで見てきた殺人鬼の中でもトップクラスだ！」

「人を堂々と殺人鬼呼ばわりするとは良い度胸ですわねぇ……」

「げっ」

背後のフレーテが漆黒《しっこく》のオーラをまとわせていた。

まずい。ヴィルに乗せられて無意識のうちに挑発をかましてしまった。

「す、すまないフレーテ！　お前を馬鹿にする意図なんてなくてだな……」

「別に構いませんわ。あなたの軽挙妄動《けいきょもうどう》を気にしても意味はないと最近思い知りましたもの」

フレーテは「ふん」とつまらなそうに鼻を鳴らして言った。

あれ？　空気が柔らかくなった？　いや単に呆れられているだけだなこれは。

「フレーテさん、どうかしましたか？　一緒にお茶を飲みませんか？」

「サクナ・メモワール……あなたも存外呑気《のんき》ですわね」

「え、え？」

「私は例の〝誘拐事件〟について聞き込み調査をしていますの。さすがにムルナイト宮殿に犯人がいるとは思えませんが、虱潰《しらみつぶ》しにやることは重要ですからね。――そういえば、あなたは元逆さ月のテロリストでしたわよね？　何か知っているのではありませんか？」

「し、知りません！　知っていたらすぐに報告しますので……」

「分かってますわ。カレン様が認めたあなたがそんなことをするはずありませんもの」

二人が何の話をしているのかよく分からなかった。

まーた面倒くさそうな陰謀が渦巻いている気配がする。

誘拐事件と言われると殺人事件よりもきな臭く感じられるのは何故だろうか。

「ねえヴィル。フレーテの言ってることって……」

「最近帝都で発生している事件のことですね。誘拐なのか失踪《しっそう》なのか分かりませんが、人が忽然《こつぜん》と姿を消すという摩訶不思議《まかふしぎ》な現象が頻発《ひんぱつ》しているのだとか。消えた人間はしばらくすると何事もなかったかのように戻ってきますが、自分がどこへ行っていたのか覚えていないそうです」

「何だそれ……？」

「さあ？　警察主導の捜査にも限界が見え始めたとかで、帝国軍のほうまで話が回ってきたみたいですね。だからフレーテ・マスカレールが動いているのでしょう」

それはそれで気になる話だった。

大した被害ではないように思えるけれど――

「――マスカレール殿。捜査はどのような具合なのでしょうか」

「正直言って難航してますわね。探知系の魔法も効果はありませんし、メモワールさんの烈核解放で被害者の頭を覗《のぞ》いてもらったこともありますが、それらしい記憶は一切《いっさい》残っていませんでした。犯人の尻尾《しっぽ》もつかめていないのが現状ですわ」

「なるほど。つまり暇というわけですね」

「はあ？　どうしてそうなるんですの？」

「その通りだ」

フレーテの背後からヌッと誰かが現れた。

私とサクナは「わあ！」と悲鳴をあげてしまった。そこに立っていたのは、奇妙な仮面をかぶった物静かな吸血鬼――デルピュネーである。

「我々が捜査を開始してから新しく行方《ゆくえ》不明者が出ることもなくなった。帝国軍が動けば犯人は慎重になり、証拠をつかむことが難しくなるのだ。現状では八方塞《はっぽうふさ》がり、時間だけを浪費している状況だな」

「デル！　そんな明け透けに教えてどうするんですの⁉」

「こいつらも同じ七紅天だ。隠し事をしたって仕方あるまい」

デルピュネーは何故か私の隣の席に座った。

メニューを開いて「A型のブラッドコーヒーを一つ」と注文をする。

こいつもコーヒー飲むんだな。どうやって飲むんだろう。まさかその仮面をパカリと外すのだろうか。非常に興味深いので観察するとしよう。じーっ。

「そもそもこの程度の危険性が低い事件は警察に任せておけばいいのだ。軍が出張っている時点でおかしい。我々の仕事は他国の将軍と矛《ほこ》を交えることなのだからな」

「デル！　与えられた仕事に文句を言うものではありませんわ」

「お前もさっき文句を言っていたじゃないか――『私は戦場で華々しく活躍したいのに』！」

「うっ……それは……」

フレーテが気まずそうに私を見つめた。

デルピュネーは構わずに続ける。

「その気持ちは大いに分かるぞ。我々が軍学校の門扉《もんぴ》を叩《たた》いた理由は『アンドロノス戦記』を読んだからだったな。このような些細《ささい》な任務ばかりを受け持っていたらストレスが溜《た》まってしまうのも仕方あるまい」

「ブラッドコーヒーをお持ちいたしましたー」

「ありがとう」

店員さんがテーブルの上にカップを置いた。

私はドキドキしながらデルピュネーを見つめた。やつはカップの中にガムシロップとミルクを投入すると、己の顔面に張り付いたミステリアスな仮面に指を添え、

「特にフレーテの熱の入り方は尋常《じんじょう》ではなかったな。テラコマリも知っていると思うが、こいつの姉は『アンドロノス戦記』の作者なんだ。私たちは小さい頃《ころ》からあの小説を読んでいたせいで、世界を駆け回る将軍に憧《あこが》れていてな――将来の夢は〝七紅天大将軍〟だった。しかし夢が叶《かな》ったというのに最近は警察の尻拭《しりぬぐ》いばかり、不満が溜まるのも無理はない」

「よ、余計なことを言わないでくださいッ‼」

「あっ……おい！　私のコーヒーを返せ！」

フレーテはデルピュネーのコーヒーを奪い取ると、それを一気にゴクゴクと飲み干してしまった。貴族らしい品などまったくありはしない。が、そんなことはどうでもよかった。

せっかく……せっかくデルピュネーの素顔を見られると思ったのに！

何してくれてんだよフレーテのやつ！

「――ええ認めますわ！　私は今退屈しております！」

フレーテは憤懣《ふんまん》やるかたないといった様子でデルピュネーの隣に腰かけて、

「事件の捜査はしばらく進展がなくて行き詰まっております。気晴らしに七紅天らしく戦争をしたいところですが、近頃は常世の後処理の関係でごたごたしている国が多くて……文句を言っても仕方がないので私にできることをするまでですが」

「では、こちらから提案があります」

ヴィルが真顔で言った。

フレーテが胡散臭そうに睨みつけてくる。

「提案？　まさか誘拐事件の調査に協力を申し出るとでも？」

「六戦姫リオーナ・フラットとの戦争が近々行われることになっているのです。第七部隊と一緒に戦っていただけませんか」

☆

リオーナ・フラットは郷里の実家を訪れていた。

何の変哲もない田舎《いなか》だ。大昔は養蚕《ようさん》業で栄えていたらしいが、最近は王都に生産人口を奪われ続け、すっかり寂《さび》しい雰囲気の寒村になってしまっている。

「ただいまー」

リオーナは村の外れにある屋敷――フラット家の前で声を張り上げた。

週に一度は【転移】で帰省しているのだ。帰らなくちゃいけないという家訓があるわけではなく、単に家族のことが好きだからである。最近は母親から「そろそろ彼氏でも連れてきたら～?」とニヤニヤされるのでちょっと辟易《へきえき》しているが。

「……あれ？　おとーさーん、おかーさーん。いないのー?」

家の中から返事が聞こえてこなかった。

今日は休みのはずだけど、山仕事にでも行っているのだろうか。

まあいいか、勝手に入って待てばいい――そう思ってリオーナが合鍵《あいかぎ》を取り出そうとした瞬間のことだった。建物の内側からドッタンバッタン大騒ぎをする気配がしたかと思ったら、いきなり「ドバアアアン!!」と玄関を吹っ飛ばす勢いで誰かが飛び出してきた。

「いやあああああ!!　もう仕事なんていやあああああ!!」

「こらティオ!!　逃げたらあんたの有給休暇を全部抹消してやるからなぁっ!!」

「そんなもん最初から抹消されてるようなもんですよぉっ!!」

リオーナは慌てて道を開けた。

目の前を大泣きしながら誰かが通り過ぎていった。

猫の耳、猫の尻尾、鏡でよく見る顔とそっくりの少女――

「――お姉ちゃん⁉　帰ってたの⁉」

「ぐべっ」

声をかけた瞬間、リオーナの双子の姉――ティオ・フラットがコケた。

その隙《すき》を狙《ねら》って蒼玉《そうぎょく》の少女がライオンのように飛びかかる。ぎゃあぎゃあ騒ぐティオに向かって「大人しくしろ」「給料減らすぞ」などと脅迫を入れつつ、あっという間にロープでぐるぐる巻きにしてしまった。

「ふう。逃げるからこうなるのよ」

「だってえええ！　猛獣狩りなんて記者の仕事じゃないですよおお！」

「しょうがないでしょ！　面白《おもしろ》い情報がなーんも手に入らなかったんだから！　別の内容で記事を埋めるしかないのよっ！」

そういえば近くの森にはたくさんの凶暴な猛獣が棲《す》みついているのだ。

この二人はネタ集めのために猛獣を取材する予定らしい。

「いいじゃないですかぁー。適当に書いて埋めちゃいましょうよぉー。六国新聞なんて誰もマトモに読んでないんですから」

「私たちは事実をそのまま伝える正義のジャーナリストなのっ！　適当に書いたら批判にさら

されるでしょうが！　何より私のポリシーが許さないっ！」

「この前と言ってることが全然違う気がするんですが……だったらリオーナの情報をそのまま書けばいいじゃないですか。好きな食べ物は肉とカレー、得意なことは身体を動かすこと、初恋の人は隣街のエリオットくん」

「それじゃ弱いっつってんでしょうが‼　せっかくこんなラペリコの田舎くんだりまで取材に来たってのに、手に入った情報がリオーナ・フラットの趣味嗜好《しこう》だけ⁉　こんなの捏造《ねつぞう》でもしなきゃ紙面が埋《う》まらないし大衆も沸《わ》かないわよ！」

ぐさり。何かが心に刺さった。

リオーナはぎゅっと拳を握って叫ぶ。

「あ、あのっ！」

「おっと⁉」

蒼玉の新聞記者が驚いて飛び跳ねた。

リオーナの姿を認めた瞬間、その口元が三日月のような弧を描く。

「――おや！　これはこれは！　リオーナ・フラット四聖獣大将軍閣下ではありませんか！　こんなところでお会いするとは奇遇ですねっ！」

「は、はあ。あなたってお姉ちゃんの上司の人だよね……？」

「はい！　いかにも！　私は六国新聞のメルカ・ティアーノと申しますっ！　実は以前

天照楽土《てんしょうらくど》でお会いしたことがあるのですが、あの時は天舞祭《てんぶさい》でバタバタしておりましたよね。改めてよろしくお願いいたしますっ！」

効果音がつきそうなほどメリハリの利《き》いた動きで名刺を差し出された。

姉がよく「鬼」とか「悪魔」とか呼んでいる蒼玉少女だ。

夭仙郷では銀行強盗をしていたのでその評価も間違いではないだろう。

「え、えっと？　うちに何かご用？」

「いえいえもう用事は済みました！　かの英雄テラコマリ・ガンデスブラッドの次の対戦相手がフラット将軍ということで、ご実家にうかがって色々とインタビューをさせていただいていたのです！　それはもう貴重で有意義な情報がジャンジャンバリバリ！　次の紙面はとーっても充実したものになるでしょう！」

嘘《うそ》つけ。さっき「弱い」って言ってたくせに。

「エンタメ戦争頑張ってくださいねっ！　フラット将軍の勝利を祈っております！」

「えっと……私自身にインタビューとかしなくていいの……？」

「ティオさんやご両親から十分にいただきましたので！　では！」

メルカはティオを引きずって去っていった。

その物腰は慇懃《いんぎん》だったが、勘の鋭いリオーナは気づいてしまった。

たぶん、あの新聞記者はリオーナにそれほど興味を持っていないのだ。

──まあ、それもしょうがないことなんだけど。

踵《きびす》を返して家に入ろうとした時、背後で交わされているメルカとティオの会話が耳に入ってしまった。

「メルカさん、リオーナ本人がいますよ？　インタビューしたらいいんじゃ……？」

「別にいいのよ。気づいたんだけど、そもそも企画からして間違ってたの。大衆が求めているのはテラコマリ・ガンデスブラッドの活躍であって、リオーナ・フラットの個人情報なんかじゃない。どーせラペリコなんて噛ませ国家だしね」

「それ、王都の宮殿とかで言ったら殺されますからね」

「体制には屈しないわ！　とっておきのスキャンダルで殺し返してあげる」

「どうでもいいですけど、引きずるのやめてくれません？」

何だか胸が悪くなってしまった。

メルカの言っていることは事実だ。

ラペリコ王国は国際的な発言力が低い。その筆頭将軍であるリオーナは六戦姫に数えられているものの、「他にちょうどいいやつがいないから」という消極的な理由による。

でも、舐《な》められたままじゃ終われないのだ。

「あらリオーナ！　お帰りなさい」

居間には母と父がいた。どちらも猫の耳と尻尾を生やした普通の獣人である。

母が嬉《うれ》しそうな笑顔をリオーナに向ける。

「新聞記者さんに色々聞かれちゃったわ！　リオーナのことたくさんしゃべっちゃったけど、べつにいいわよね？」

「変なこと言ってないよね？」

「大丈夫大丈夫、きっとメルカさんが良い記事にしてくれるから。六国新聞にリオーナが特集されるなんてビックリよね、ティオが頑張ってくれたおかげかしら」

その無邪気な笑顔が心を抉《えぐ》った。

故郷のみんなはリオーナのことを応援してくれている。村の入口には『ラペリコ王国四聖獣リオーナ・フラットの生地《せいち》』という横断幕が掲げられているし、村長が村の名物として〝猫耳饅頭《まんじゅう》〟というリオーナをモデルとしたお土産を開発した（美味《おい》しかった）。

ここの人たちはあまりにも純朴すぎるのだ。

ラペリコ王国が馬鹿にされていて、リオーナですら侮られているという現実を知らない。こうしてリオーナの活躍を無邪気に喜んでくれている。

「リオーナ、できたぞ」

父がにこりと笑って振り返った。

どうやら木彫りをしていたらしい。

それは――勇《いさ》ましいポーズでたたずむ猫耳の少女？

「等身大リオーナ木像《もくぞう》だ。村の新しいシンボルになるだろう」

「は、恥ずかしいよお父さん～っ！」

「照れるな照れるな。お前は村の誇りなんだ」

照れるなと言われても困るのだ。横断幕や猫耳饅頭の時点でかなーり恥ずかしかったのに、こんなものをシンボルにされた日には悶死《もんし》してしまう自信があった。しかし父と母はめちゃくちゃ乗り気で、もはやリオーナの手がつけられるような状況ではなくなっていた。

「次の戦争も頑張れ。でも無理はするなよ」

「さあ、今日はゆっくりしていってね！　リオーナの好きなカレーも作ってあげるわ。せっかくならティオも一緒がよかったんだけど、あの子はお仕事が忙しいみたいだから」

リオーナは胸の中に温かさが広がっていくのを感じた。

やっぱり勝たなければならない。

この人たちに笑顔を届けるためにも。

☆

［ラペリコ王国　VS　ムルナイト帝国　エンタメ戦争］

◇リオーナ・フラット将軍――――所属：ラペリコ王国
◇ムリペン・ペンタゴン将軍―――所属：ラペリコ王国
◇ドッキリン・マッキーリン将軍――所属：ラペリコ王国
◇テラコマリ・ガンデスブラッド将軍――所属：ムルナイト帝国
◇フレーテ・マスカレール将軍――――所属：ムルナイト帝国
◇デルピュネー将軍―――――――所属：ムルナイト帝国

※

ついにこの日がやってきてしまった。

もちろんラペリコ王国とのエンタメ戦争である。

私は「行ぎだぐないッ!!」と叫びながらセミのごとく冷蔵庫に抱き着いていたのだが、ヴィルのやつが容赦《ようしゃ》なくくすぐってきたので力が抜け、そのまま戦場へ強制連行されてしまった。

この一週間、ジョギングとかをして体力をつけたつもりだ。

が、その程度で無双できたら苦労《こと》はしない。

私はどうにかこうにかして実力を糊塗しなければならないのだ。

「――フィールドは森林ですね。獣人たちにとって有利な場所を指定されたようです」

ヴィルが辺りをきょろきょろと見渡しながら言った。

私、フレーテ、デルピュネーの隊は鬱蒼《うっそう》と生い茂る草木の中にいた。

核領域に広がっている森林地帯で、地図には〝ラペリコの森〟と書かれていた。その名の通りラペリコ王国が管理している地域である。ろくに整備もされていない大自然のため、吸血鬼たちにとっては非常に戦いにくい場所となるだろう。

「ねえヴィル、勝てるかな？」

「十中八九。こちらには第七部隊のみならず第三部隊と第四部隊がついておりますから、負けることはまずないでしょう。問題は勝敗よりも『コマリ様自身が七紅天に相応しい実力を示せるかどうか』という点ですね」

「なるほどな……いちおう魔法石はたくさん持ってきたけど……」

「心配するな！　僕に任せておけば大丈夫だ！」

隣のヨハンが元気いっぱいに親指を立てた。

頼むから死なないでくれよ？　私を守ってくれよ？

「ガンデスブラッドさん？　さっきから何をコソコソしているんですの？」

「な――何でもない！　どうやって敵兵を虐殺《ぎゃくさつ》しようか考えていたところだ！」

「そうですか。虚勢を張らなくてはならないご身分も大変ですわねえ」

フレーテが見下したように鼻で笑った。

おいやめろ。部下たちに私の実力を疑われたらどうするんだ。

しかしカオステルたちは「愚かですねえ」と逆に鼻で笑い返していた。

「フレーテ・マスカレールは未だに閣下の実力を疑っているようです。準備運動としてまずは第三部隊を壊滅させるのはいかがでしょうか」

「そ、その必要はない！　フレーテは仲間だからな！」

「おお……！　フレーテ・マスカレールごときは眼中にないと！　閣下は宇宙のように広大な視野を持っておられるのですねっ！」

バキッ――

第三部隊のやつらが怒りに任せて枝をへし折っていた。

ごめんね。後で謝るから許して。こいつらはデリカシーという概念を知らないんだ。

ヴィルが「ごほん」と咳払《せきばら》いをしてから言った。

「――それはそうとマスカレール殿。此度《こたび》の戦争は『キングを討ち取られたら負け』というルールなのですが、そのあたりを理解していらっしゃるのでしょうか？」

「もちろんですわ。フラット将軍から渡されたルールブックは熟読しましたもの」

そうなのだ。

今回はいつものエンタメ戦争とは違って3対3の特別戦。

さすがに『全員死ぬまで終わらない』だと長期戦になってしまうため、三人の将軍のうち一人がキングとなり、その首を狙い合うというルールが制定されている。

そしてムルナイトのキングとして選ばれたのは――

「――私では不満か？」

仮面の吸血鬼・デルピュネー。

同じく仮面をかぶった部下たちを引き連れながらゆっくりと近づいてくる。

ヴィルは彼女の首にかけられた『キングの証《あかし》のペンダント』を見つめ、

「不満というか心配ですね。デルピュネー殿は嚙ませ犬みたいなキャラクターなので」

「あなた、デルの実力を疑っているんですの？　曲者《くせもの》ばかりの中で数少ないマトモな七紅天だというのに……」

「別にいい。どうせお前らは前にしゃしゃり出たいんだろう」

「なっ……人を戦闘狂みたいに言わないでください！」

フレーテが顔を赤くしてデルピュネーに詰め寄る。

私はキングになりたかった。皆に守ってもらえそうだし。

「とにかく好きに暴《あば》れるがいい。特にテラコマリは七紅天契約の履行をしなければならないのだったな。私が本陣に構えている限り敗北はないから安心しろ」

「信用していいのですか？」

「我が凝血魔法《ぎょうけつ》はどんな敵をも粉砕する」

デルピュネーが得意げにナイフをシュッシュッと振った。

すごい。つよそう。

「――まあ、デルに任せておけば問題ありませんわ。ちなみに相手のキングは不明ですが、見えるところにペンダントを提《さ》げるというルールなのですぐに分かります。私の見立てだとリオーナ・フラット将軍が怪しいですわね」

「さあ閣下！　さっそく猫狩りに赴きましょう！」

「そ、そうだなカオステル！　私が宇宙を破壊するために開発した魔法を披露する時が来たようだ！」

「どうでもいいですけれど、あんまり出しゃばらないでくださいね？　烈核解放を使えないガンデスブラッドさんなんて足手まといもいいところ――」

「わーわーわー!!　世迷言《よまいごと》を言うんじゃない!!」

「コマリ様。そんなことよりトラブルが発生しているみたいですよ」

フレーテの口を塞《ふさ》ごうとジャンプしていた時、ヴィルが神妙な顔つきで懐中時計《かいちゅうどけい》を見つめながら言った。

「トラブル？　どういうことですの――ってガンデスブラッドさん！　暑苦しいから離れなさいっ！」

「開始時刻を三分ほど過ぎているのです。戦争開始を報《しら》せる空砲はまだのようですが」

「おい、すでに空砲は打ち上げられているぞ」

デルピュネーが頭上を指差した。

つられて見やれば、青空にそれらしき煙がモクモクと漂っている。

あれ？　音が全然聞こえなかったんだけど？　もう始まってるの？――そんなふうに何気ない気持ちでヴィルのほうを見やった瞬間、
彼女を包み込むようにして巨大な影が差すのを目撃した。

気づいたヴィルがクナイを構えて振り返る。

鬱蒼と生い茂る草木の向こう。

地響きを轟かせながら突進してくる巨大な獣たちの姿が見えた。

木が吹っ飛び、吸血鬼たちも吹っ飛び、やがて大軍の先頭に立っていた獣人がぬらりと姿を現す。そいつは六国大戦の時に城塞都市フォールを蹂躙《じゅうりん》したキリン――ラペリコ王国四聖獣、ドッキリン・マッキーリン中将に他ならなかった。

フレーテが泡を食って叫んだ。

「――嵌《は》められました！　戦いはすでに始まっていたのですっ！」

吸血鬼たちが慌てて戦闘態勢に移行するよりも早く――

突如として現れたキリンたちが咆哮《ほうこう》とともに襲いかかって来た。

☆

「――見たか！　戦いは始まる前から始まってるんだ！」

リオーナは森の中を疾走しながら叫ぶ。

目指すはムルナイトのキングが座していると思われる森林の東部。

部下のカピバラたちは「待ってくださいリオーナ様～！」と息を切らせているが、彼らに構っていたら作戦が台無しになってしまうのだ。

リオーナは作戦の要《かなめ》。

ドッキリン・マッキーリン中将が先陣を切り、誰がキングになったのかを目視した後、その情報をもとに第二の奇襲を仕掛けるのがリオーナの仕事だった。

まあたぶんキングはテラコマリだろうけれど。

リオーナは胸のペンダントをぎゅっと握りしめて森を駆ける。

『――リオーナ！　何したの⁉　何で吸血鬼どもは全然動かなかったんだ⁉』

通信用鉱石から声が聞こえてきた。

別行動のムリペンである。

「ムルナイト軍の布陣位置に魔法石を仕掛けておいたの！　空砲の音をかき消すノイズキャン

セラーの魔法だよ！　そのおかげで吸血鬼は出遅れたみたいだね！」

『げえっ、それって反則じゃね？』

「明確な攻撃ってわけじゃないから反則じゃないよ！　それにルールはこっちが決めるんだもん！　何か言われても合法ってことにすればいい！」

『無理だよ絶対無理だよバレたらテラコマリに殺されるってえ……！』

「じゃあ返り討ちにすればいいよっ！」

今頃《いまごろ》ムルナイトの本陣はキリン軍団に蹂躙されているはずだ。

そのどさくさに紛れてテラコマリを倒せればラペリコ王国の勝利。

なんて自分は頭がいいのだろう？　軍師としてもやっていけるんじゃないか？――そんなふうに自画自賛していた時のことだった。今度はマッキーリンとつながっている通信用鉱石が光った。

「もしもし⁉　マッキーリン中将⁉」

『ッ……！　ッ……！』

「え――」

鉱石の向こうから伝えられたのは意外な事実だった。

言葉が伝わったわけではない。〝圧〟が二回発せられたのである。二回ということは――キングはリオーナの想定していなかった人物が務めているらしい。

キングを狙うべきか。

それとも名声を高めるためにテラコマリを狙うべきか。

リオーナは思考を重ねながら全力疾走を続ける。

☆

キリンたちが襲いかかってきた。

やつらは首をぶんぶん振り回して吸血鬼たちを薙《な》ぎ払っていく。フレーテの隊が慌てて迎撃つが、あまりに突然の出来事だったので未だに対応が追いついていない。

「このっ……！　騙し討ちとはいい根性していますわねッ！」

フレーテの暗黒魔法が発動。

モワモワとした闇がレイピアに収束し、一瞬の間をおいてから極太の漆黒レーザーが射出された。キリンたちは雄叫《おたけ》びをあげながら転がっていくが、それでもマッキーリン（一際《ひときわ》でかいキリン）が咆哮すると、やつらはゾンビのように立ち上がって首を振り回すのである。

「閣下！　危ないっ！」

「え？　どわわ⁉」

突然エステルがタックルをかましてきた。

ぶおんっ!!――私たちの頭上を高速で何かが通り過ぎていく気配。

見れば、マッキーリンの首振り攻撃が背後に立っている木を粉々に粉砕していた。

私はエステルに抱きしめられながら絶句していた。

まずい。こいつら強い。前はどうやって倒したんだっけ？――

「――コマリ様。ここはフレーテ・マスカレールに任せて撤退しましょう」

「ちょっと待てよ⁉　こんなところにフレーテを置いていけるわけないだろ！」

「行け」

すぐ隣にデルピュネーが立っていた。

血でできたグロテスクな鞭《むち》でキリンたちをビシバシ叩きながら、

「敵の狙いは動揺した我々を一気に叩くことだ。おそらくリオーナ・フラットやムリペン・ペンタゴンの隊は奇襲に向けて動き出している。逆にこちらから仕掛ければ連中の気勢を削《そ》ぐこともできるだろう」

「リオーナはどこにいるんだよ⁉」

「閣下！　西方向から五百名程度の進軍が確認されました！」

カオステルが空間魔法か何かで察知したらしい。

その時、キリンが第七部隊のほうにまで襲いかかってきた。

ベリウスが斧《おの》で迎え撃ち、メラコンシーが爆発《ばくはつ》魔法を発動させ、森林のいたるところで悲鳴が巻き起こる。フレーテもデルピュネーも武器を構えてマッキーリン中将とドンパチやっていた。あんなものに私が首を突っ込んでも秒で死ぬだけである。

「行きますよコマリ様！　エステルはフォローをお願いします！」

ヴィルがクナイで邪魔な草木を切り裂きながら言った。

私はエステルに支えられながら叫ぶ。

「い、行くってどこに行くんだよ⁉　どこに行っても戦場だろ――」

「もちろんフラット殿のところです！　キリンはフレーテ・マスカレールとデルピュネー殿に任せて我々はキングを取りに行きましょう！　さあいつもの檄《げき》を」

「というわけだ！　なんかよく分かんないけど出発するぞ！　ここはあいつらに任せて私たちは敵の総大将を討ち取りに行くのだ！」

うおおおおおおおおおおおおおおおおおおおおおぉぉぉぉぉぉぉぉ――――‼

コマリン‼　コマリン‼　コマリン‼　コマリン‼　コマリン‼

第七部隊のやつらはアホのように大騒ぎだ。

私が宇宙を破壊する魔法をお披露目すると信じているのだろう。

大丈夫だよな？　色々な意味で死なないよな？――そういう視線をヴィルに送った瞬間、いきなり腕を引っ張られて「おわあ！」と声を漏《も》らしてしまった。

「さあコマリ様！　とりあえず目の前で仁王立ちしている雑魚キリンを魔法で吹っ飛ばしてく

ださい！」

「そんなことできるわけ――――」

視線。部下たちがキラキラした目で私を見つめていた。

「――あるに決まっておろうが！　あんなやつは私が一瞬で粉々にされたクラッカーみたいに粉砕してやるぞ！」

「ではコマリ様。例によって指パッチンをお願いします」

「任せろ！」

ぱちんっ。昔と違って今回はきちんと音を鳴らすことができた。もはや完全にヴィル任せなので何が起きるのか知らないが、私に残された道は「やれ」と言われたことを自信満々にやることだけである。

指を鳴らして一秒経《た》った後――

背後で大爆発。

え？　背後？――不思議に思った直後、目の前でも大爆発が巻き起こった。

地面が抉《えぐ》れ、キリンが炎の奥に消え、ついでに仲間の吸血鬼たちも何人か消え、爆風によって吹っ飛ばされそうになったところを「閣下！」とエステルに支えられる。

私は心臓がドキドキするのを感じながらも安堵《あんど》していた。

そうだ。ヴィルはいつだって用意がいいのだ。

これなら世界を騙し抜くこともできるかもしれない。

私は部下たちに聞こえない程度の声量でヴィルに囁《ささや》いた。

「す、すごいぞヴィル！　いつもみたいに地雷を仕掛けてくれたんだな⁉」

「はい。ですが申し訳ございません。いくつも仕掛けていたため、爆発させる地雷を間違えてしまいました。慌てて正しい位置のものも爆発させたのですが――」

なるほど。二回爆発したのはそういう理屈だったのか。

「いいよそんなの！　はやく先に進もう！」

「そうですね。一回目で第七部隊が半壊したことなんてどうでもいいですよね」

「は⁇」

私は恐る恐る振り返った。

そういえば。一発目は何故か背後で爆発したような。

「――さすがです閣下‼　二正面爆撃魔法なんて聞いたこともありません‼」

「「「うおおおおお‼　コマリン‼　コマリン‼　コマリン‼」」」

部下たちの声援を受けながら背後を確認する。

そこに広がっていたのは――　死屍累々《ししるいるい》の地獄絵図。第七部隊のみんなが白目を剝《む》いて死んでいる。人数はおそらく二百人ほど。さらに巻き添えを食らった第三部隊や第四部隊のやつらも四、五十人死んでいた。

ねえヴィル。

こんなことがあっていいの？

「――おいヴィルヘイズ‼　味方を巻き込んでどーするんだよ‼」

珍しく生き残ったヨハンがヴィルの肩を揺さぶっていた。

ヴィルは「知りませんコマリ様に聞いてください」と知らんぷりしていた。

ベリウスが「閣下……」と言いにくそうに言う。

「さすがの魔法といったところですが……何故第七部隊のやつらまで……」

「そ、それはだな！」

もうヤケクソだった。

今日は殺戮《さつりく》の覇者《はしゃ》の仮面をかぶると決めた。

「あいつらがカメのようにノロノロしているからだ‼　私が進軍を命令したというのにずーっと後方でもたもたしているから罰を与えてやったんだ‼　いいか、ここは戦場なんだぞ⁉　ちょっとした遅れが命取りとなるんだぞ⁉　現にやつらは死んだ‼　血沸き肉躍る闘争を求めているのならばウサギのように迅速《じんそく》な行動を心がけるがよい‼」

うおおおおおおおおおおおおおおぉぉぉぉぉぉぉ――――‼

コマリン‼　コマリン‼　コマリン‼　コマリン‼　コマリン‼

生き残った部下たちが狂喜乱舞していた。これで乱舞できる神経が分からない。ベリウスまで真面目《まじめ》な顔で「なるほど……身が引き締まります」とか言っている。お前はいちおう第七部隊ではマトモなほうだと思っていたのに。

「と、とにかくだ！　さっさとリオーナを叩きのめしにいくぞ！　一秒でも遅れたやつは私の魔法であっという間に森の藻屑《もくず》にしてやるからな!!」

「「「うおおおおおおおおおおおぉぉぉ――――――――――ッ!!」」」

かくして第七部隊の進軍が開始される。

私はヴィルとエステルに引っ張られてリオーナの元を目指すのだった。

☆

「――テラコマリ・ガンデスブラッドぉおおおおおおお!!」

と吼《ほ》えたのはフレーテ・マスカレールである。

無理もない。やつらの放った魔法（魔法石？）が第三部隊と第四部隊に甚大な被害をもたらしたのだから。すでに第七部隊は別の敵を求めて離脱しており、追いかけようとしてもキリンが行く手を阻んでいるため身動きがとれない。

「次に会った時は覚えていなさいっ！　私のブラックホールで圧殺してあげますわ！」

「そう怒るな。あれがテラコマリにとっての精一杯の作戦だったのだ」

デルピュネーは凝血魔法でキリンを切り裂きながら宥《なだ》める。

キリンどもは想像以上に手強かった。

動きは鈍いが、やつらが一たび首を振るだけで吸血鬼たちは面白いように吹き飛ばされていく。しかも異常にタフで、魔法で引っくり返してもすぐにムクリと起き上がるのだ。

やつらの力の源泉はすぐに分かった。

地の利だ。この森林はラペリコの魔核の力が強力に及んでいる。通常の核領域よりもやつらの回復速度が速いのだ――おそらくラペリコ本国と変わらないほどに。

「侮っていましたわ。あの動物軍団がここまでやるとは……」

「だが久しぶりに血が躍るな。テラコマリたちが常世に行っている間はエンタメ戦争も開催されなかった。これこそ七紅天大将軍の本懐といえよう」

「まあ――そうですわねッ！」

フレーテがレイピアを振るって漆黒のレーザーを解き放つ。

吹っ飛んでいくキリンや木々を見つめながら、デルピュネーは仮面の奥でニヤリと口の端を吊り上げた。

天仙郷の魔核は壊れてしまった。

もちろん神仙たちはエンタメ戦争を行うことができない。

ゆえにあの国では「エンタメ戦争不要論」なるものも噴出しているらしい。

他の国もそれに追随すれば、やがてエンタメ戦争自体が下火になっていくかもしれない。

世界は変わっていく――取り返しがつかないほどに。

しかし、デルピュネーとフレーテは戦うために軍人になったのだ。

貴族のプライドだとか、ちやほやされたいだとか、そういう邪念は一切ない――混じりけのない戦意だけが二人を今日まで突き動かしてきた。軍学校では「あいつらバトルジャンキーだろ」と後ろ指を差されたこともあるが、それこそデルピュネーとフレーテが七紅天に相応《ふさわ》しい資質を持っていたことを示している。

やはり、七紅天は敵を殺してなんぼの職業だ。

血が騒ぐ。こういう戦場に身をおいてこそ得られるエネルギーがある。

この機会をくれたテラコマリには感謝をしなければならない。

「――特級凝血魔法・【ダイナミック血脈貫通《けつみゃくかんつう》】ッ‼」

魔力によって全身の血流を加速させる。

究極の運動能力を手にしたデルピュネーは、ナイフを片手に森の中を縦横無尽に駆けまわった。キリンどもを高速で切り刻みながら、部下たちに「自由に戦いたまえ！」と声をかける。

第四部隊の吸血鬼たちは雄叫びをあげてキリンたちに襲いかかる。

彼らも戦いたくて戦いたくてウズウズしていたのだ。

ムルナイト帝国軍は六国の中でも最強の軍隊。第七部隊の異常性ばかりがクローズアップされるが、それ以外の部隊だって十分に獰猛な闘志を滾《たぎ》らせているのである。

「フレーテ！」

加速する視界の中、フレーテとキリンのボス——ドッキリン・マッキーリンが対峙《たいじ》しているのが見えた。助太刀《すけだち》してやろう、そう思って大地を蹴《け》った時、
否《いな》、蹴ろうとした時、

「なっ……」

足元が凍りついて身動きがとれなくなっていた。

デルピュネーはハッとして振り返る。

背後の地面がカチコチに凍りついていた。まるで真冬の道のように。

「デルピュネー様！　あれはムリペン・ペンタゴンの隊です！」

部下の声でようやく気づいた。

ムルナイト帝国軍の背後は緩やかな登り斜面になっている。

そのてっぺんあたりに無数の人影が蠢《うごめ》いているのを見た。

氷の魔力をまとったペンギンたちである。

その中心に立っているのは——ラペリコ王国四聖獣、ムリペン・ペンタゴン。

デルピュネーの視線を受け取ると、彼女は「ひいっ」と怯えたように身体を震わせて、

「あいつこっち見てる……⁉　で、でも頑張らなくちゃリオーナやマッキーリン中将に怒られ

ちゃうし――みんな、死んでも生き返れるから頑張ってねっ！」

「「「クエーッ!!」」」

ペンギンどもが腹ばいになって滑ってきた。

坂道はご丁寧にもスキー場のごとく雪塗《まみ》れになっているのである。

だが大したことではない。すべて撃ち落としてやろう――そう思っていたのだが。

デルピュネーは気づいた。

やつらの背中には魔法石が括《くく》りつけられている。

あれは――見間違えるはずもない、爆発魔法を込めた魔法石。

「特攻だと……!?　命が惜しくないのか……!?」

動揺によって思考が停止した瞬間、

最初のペンギン爆弾がデルピュネー隊に直撃した。

☆

背後でドカンドカンとものすごい爆発が巻き起こっていた。

たぶんフレーテやデルピュネーが無双しているのだろう。

気にはなるが、私は目の前のことに集中しなければならない――

「こ、今度はカピバラが出ました！」

エステルが〈チェーンメタル〉を振り回しながら叫んだ。鬱蒼と生い茂る草木の向こうからカピバラたちが猛烈な勢いで飛びかかってくる。私は悲鳴をあげながらその場に蹲《うずくま》ろうとして――しかし部下たちが見ているのでとりあえず仁王立《におうだ》ちしておいた。

「閣下！　キリがないので超すごい魔法で一掃していただけるとありがたいです！」

カオステルがソニックブームでカピバラの相手をしながら無茶ぶりしてきた。

そんなこと言われても困る。カピバラたちは草むらから無限に飛び出してくる。私はヴィルに守ってもらいながら王者のごとく立ち尽くすことしかできない。

「ねえヴィル。地雷はないの？」

「ありません。森林のすべてをカバーするのは不可能ですので」

「じゃあどうするんだよ!?　超すごい魔法で一掃しなくちゃ下剋上されるんだぞ!?」

「僕に任せろ！」

いきなりヨハンが私のそばにぴとりとくっついてきた。

距離が近かったので一瞬動揺してしまった。

「よ、ヨハン!?　どうしたんだ!?」

「いいからジッとしてろ！――おいお前ら！　これからテラコマリが僕ですら使えないような超すごい火炎魔法でこのあたりを焦土に変えてやるってよ！」

「焦土⁉」「焦土だ焦土！」「ヤッタアアアア焦土ダアアアア‼」「おいてめえら閣下の偉業を見逃すんじゃねえぞ‼」――部下たちがお祭り騒ぎを始めた。騒がれても困るのだ。

私は大慌てでヨハンのほうを振り返り、

「――おい⁉　私にそんな環境破壊ができると思ってるのか⁉」

「僕がやるから問題ねーよ！　お前は部下どものほうを見ながら指を鳴らせ！　さっきの爆発の時みたいにな！」

ヨハンは真剣な顔をして周囲をぐるりと見渡した。

よく分かんないけどお前だけが頼りだからな⁉　私の生死はお前にかかってるんだからな⁉

――そんなふうにドキドキしながら部下たちのほうに向き直り、指を天にかざし、ぱちんと鳴らし、

「――火炎魔法・【獄炎《ごくえん》】」

ヨハンが小さく呟《つぶや》いた瞬間。

ボウッ‼――私たちの周囲がまたたく間に赤く染まっていった。

それはまさに地獄の炎。第七部隊を取り囲むようにして展開された火炎が、カピバラたちを呑《の》み込《こ》みながらゴウゴウと燃え盛っている。熱風が吹きすさび、草木が跡形もなく消し飛び、辺りには敵の断末魔が響きわたる――

うおおおおおおおおおおおおおおおぉぉぉぉぉぉぉ――――‼

コマリン‼　コマリン‼　コマリン‼　コマリン‼　コマリン‼

いつものコマリンコールが右耳から左耳に通り過ぎていく。

開いた口が塞がらなかった。ヨハンにこんな芸当ができるなんて。

「準備がいいですね。魔力油を塗ったロープを仕掛けておいたのですか」

「カピバラどもが襲ってきている間に張り巡らせておいたんだよ。ちょっと火をつければロープを伝って大炎上――しかもこの辺りに生えているのは燃えやすいタイプの木だ。単なる火炎魔法以上の効果が見込めるぜ」

「なるほど。ヘルダース中尉にも脳味噌《のうみそ》はあったのですね」

「ないわけないだろーが！」

ヨハンにそんな考えがあったとは驚きだった。

でもこいつのおかげで助かった。きちんと感謝の意を伝えないとな。

「ありがとうヨハン！　お前のおかげで命拾いしたよ……！」

「お、おう。まあ僕にかかればこのくらいは朝飯前だよ――ってそんなことより馴れ馴れしく触ってくんな！」

「え？　ああ、ごめん」

あまりに感激したのでヨハンの手を握ってしまっていた。

これはまずかったな。私がこいつに感謝しているのがバレたら「もしかしてあいつの手を借りたのか?」と疑われるかもしれん。ヨハンも顔を真っ赤《まか》にして激怒《げきど》している。せっかく手柄を譲ってやったんだから迂闊《うかつ》な行動はするな！――彼は言外にそう言っているのだ。

「コマリ様。ヘルダース中尉に毒を盛ってもよいでしょうか?」

「何でだよ⁉　こいつは命の恩人で――」

「――さすがです閣下！　ヨハンのような程度の低い魔法とは大違いですね！」

カオステルが誘拐犯のような笑顔で近づいてきた。

私は瞬時に将軍様モードに切り替えて、

「はっはっは！　そうであろう！　私にかかればこのくらいは朝飯前だよ」

全部ヨハンがやったんだけどな。

あ、ヨハンが拳を握ってぷるぷる震えている。

ごめん。お前はえらいよ。後でたくさんお礼をするから今は我慢してくれ。

ヴィルが「さあコマリ様」と私の腕を引き、

「後はフラット殿だけです。このカピバラたちはおそらく彼女の部下ですから、近場に潜んでいてもおかしくはありません」

「ああ、そうだな――」

その時、ふと誰かの叫び声を聞いた気がした。

ヴィルたちは気づいていないらしい。

私は何気なく頭上を振り仰《あお》いで、

「テ　ラ　コ　マ　リぃいいいいいいいいいいいいいい────────っ!!」

隕石《いんせき》のように落下してくる猫耳少女の姿を目撃してしまった。

やつはあのまま私を蹴り殺すつもりのようだ。

猫って空を飛べるの?────そんなふうに益体《やくたい》のない疑問を抱きながら棒のように突っ立っていた時、いきなりヨハンが「危ないっ!」と私の身体を突き呼ばした。

「死ねえええええっ!」

「ごぺあっ⁉⁉」

どすんっ!!────骨を軋《きし》ませるような衝撃。

私は悲鳴をあげて吹っ飛んでしまった。

第七部隊の連中も「おわあっ⁉」と尻餅《しりもち》をついている。

おそるおそる顔をあげてみた。

燃え盛る炎のど真ん中。

突如として降臨した猫耳少女────リオーナ・フラット。私を庇ってくれたヨハンを踏み潰《つぶ》しながら、彼女は大胆不敵な笑みをこちらに向けていた。

「今のを避けるなんてさすがだね！　でも次はちゃんと仕留めるよ！」

ヤバイ。これはヤバイ。

ついに六戦姫が目の前に現れてしまった。

☆

結局、ムルナイトのキングはムリペンに仕留めさせることにした。

テラコマリを倒さなければラペリコの名声は高まらないのだ。戦争に勝つのも重要だが、リオーナにとって優先するべきは「史上最強の将軍を打ち倒すこと」。

テラコマリは噂《うわさ》通りの実力を発揮していた。

ムリペンとマッキーリン中将の奇襲をなんなく突破したようだし、リオーナの部下のカピバラたちもよく分からない火炎魔法によって片付けられてしまった。森を焼くなんて常識的な頭をしていたら思いつくはずもない。やっぱりテラコマリは常識では測れない存在なのだ。

彼女を倒してこそラペリコの威信を取り戻すことができる。

国のためにも、家族のためにも、そして自分自身の誇りのためにも――絶対に負けることは許されなかった。

「テラコマリ！　覚悟！」

リオーナは吸血鬼の死体を蹴って走り出した。

すでに身体強化の魔法はかけてある。

リオーナ・フラットは速度とパワーを活かした戦闘を得意とする。獣人は炎を出したり氷を出したりするのが苦手なため、天性の身体能力に磨きをかけて突貫するスタイルが多いのだ。

リオーナもその例に漏れず、小さい頃から軍人になるために己の拳に磨きをかけてきた。

――はあ？　軍人？　あんたがそんなのになれるわけないでしょ～。

姉のティオにはよく鼻で笑われた。

でもリオーナは諦《あきら》めなかった。

雨にも負けず風にも負けず鍛錬を重ねた結果、王国軍の採用試験に合格して軍人になる夢をつかみとった。それからは一兵卒として軍功をあげ続け、ついには王子から「リオーナを四聖獣に任命するッ!!」というありがたい辞令をいただくことができたのだ。

（あなたもそうなんでしょ？　テラコマリ）

将軍はキラキラした職業だ。なれる人間はほんの一握り。

テラコマリだって努力に努力を重ね、このステージに立っているに違いなかった。

だからといって手加減をする理由はどこにもない。

烈核解放ナシのルールだったらリオーナにも勝ち目はある。

この鍛え上げた拳で打ち砕くのみだ。

「死ねやオラ――ぐべっ⁉」

迫りくる吸血鬼たちを拳で吹っ飛ばしていく。

今度は斧を持った犬が襲いかかってきた。どうして獣人が――一瞬頭がバグりそうになったが、思い出す。こいつはムルナイトの魔核に登録された犬、ベリウス・イッヌ・ケルベロだ。

「邪魔っ！」

「ぬッ⁉」

斧が振るわれる直前にその腹部に拳を叩きつけた。

敵が怯んだ瞬間に加速する。今度は枯れ木のような男とサングラスのラッパーが躍り出た。やつらも第七部隊の幹部だ。しかし今のリオーナの敵ではない。

「止まりなさい猫――おげっ⁉」

「イエーッ！――ん？　あれ？　どこ行った？」

枯れ木の顔面に回し蹴りを食らわせ、ラッパーが魔法を発動する前に大ジャンプして宙を駆ける。やつらの動体視力は全然追いついていなかった。リオーナは音をも置き去りにするほどの速度を発揮しているのだ。

今度はどこからともなく鎖による攻撃が飛んできた。

エステル・クレール。常世では一緒に戦った仲だが、戦場で容赦をする必要はなかった。

「フラット閣下！　まずは私が相手に――」

「どいてっ！」

片手で鎖を握って引き千切《ちぎ》った。エステルが「そんなあああ⁉」と絶叫してその場に崩れ落ちる。残されているのは何故か汗ダラダラで突っ立っているテラコマリと、その隣で優雅なティータイムにいそしんでいる――メイド？

「――おいヴィル⁉　このタイミングで何やってんだよお前⁉」

「何って、お茶ですが？　コマリ様も飲みます？」

「飲んでる場合かぁ――――っ‼」

リオーナは得体の知れない武者震いを感じた。

こちらを舐めているわけではない――こんな状況でも余裕をぶっこいていられるほど自信があるのだ。やはりテラコマリは一筋縄ではいかない。リオーナの想像もつかないような行動をして惑わせてくる。

「て、テラコマリ！　よく分かんないけど私と勝負しろ！」

「なっ……えっと、その、」

何故かちょっとだけ口籠《くちごも》り、

「や、やれるものならやってみるがいい！　ただしそこから一歩でも近づいてきたら大爆発が発生してお前は猫の姿焼きになるけどな！　わーっはっはっはっはっは！」

「ッ⁉」

リオーナは思わず急ブレーキをかけた。

ハッタリとは思えなかった。

だって相手はこの大火災を巻き起こした人物なのだ。

何か罠《わな》が仕掛けられている？　それともテラコマリの魔法の射出速度はこちらの瞬発力を上回るのか？　どちらもありそうだ――

リオーナはじっくりとテラコマリの立ち姿を観察する。

魔力はない。覇気《はき》もあんまりない。

どこにでもいそうな普通の女の子って感じがする。

だがそれが不気味だった。あの子が史上最強の烈核解放を持っていることは知っている。烈核解放は心の強さ、通常戦闘においても類稀《たぐいまれ》なる力を持っていてもおかしくはない――

そこでリオーナの嗅覚がおそるべき事実を嗅ぎ取った。

テラコマリからはかすかに戦士のにおいがするのだ。

今は隠しているけれど、本当はものすごい力を持っているに違いなかった。

「な、何を企《たくら》んでるの⁉　言っとくけど私に小細工は通用しないからね⁉」

「小細工？　小細工なんて弄《ろう》する必要はないな！　私の力にかかればお前なんて小指一本でズタズタなんだからな！」

「ぐっ……」

どうしよう。でも怖気《おじけ》づくわけにもいかない。カピバラたちの死は無駄にできない。

そして何より、リオーナはラペリコ王国の看板を背負っているのだ。


——どーせラペリコなんて噛ませ国家だしね。

——大衆が求めているのはテラコマリ・ガンデスブラッドの活躍であって、リオーナ・フラットの個人情報なんかじゃない。

——エンタメ戦争頑張ってくださいねっ！　フラット将軍の勝利を祈っております！


新聞記者メルカの声が蘇った。

馬鹿にされたままでは終われなかった。テラコマリを倒すことができれば世界は変わる。リオーナはそのために今日この戦場まで足を運んだのだから。

「どれだけ相手が強くっても——」

リオーナは腰を低くして力を溜めた。

すべてを粉砕するための準備は整っている。

大きく深呼吸をして、テラコマリをまっすぐ見据え、

「——関係ないッ!!」

疾駆《しっく》。

これが自分に出せる最高速度だ。

すべての景色が走馬灯《そうまとう》のように通り過ぎていく。

もはや自分の視力も追いついていない。だがテラコマリを倒すためにはこれくらいの力を発揮しなければ届かない――

「――覚悟しろ！　テラコマリ」

「うひぇえ⁉　もうハッタリには限界があるよヴィル！　リオーナ来ちゃったよどうすればいいんだよ⁉」

「まだ慌てるような時間じゃありません」

「もう慌てても遅いだろ⁉」

「問題ありませんよ。先ほどフレーテ・マスカレールから連絡がありました。たった今、エンタメ戦争は終了したようです」

「え……？」

テラコマリはこちらの気迫にあてられ動揺しているようだ。

このチャンスを逃す手はなかった。

拳を握り、気合を込め、やつの頭蓋骨《ずがいこつ》を叩き割ってやるために大きく振りかぶって――その瞬間、遠くの空で何かが「ズドンッ‼」と打ち上げられる気配。

「⁉」

リオーナは慌ててその場で立ち止まった。

テラコマリは「何だ何だ⁉」と亀のように縮こまりながらきょろきょろしている。

しかし聴覚の優れたリオーナには分かってしまった。

あの音は。あの空砲の音は――

その時、どこからともなく拡声魔法によって誰かの声が響きわたった。


『エンタメ戦争、決着ぅうううううう――――!!』


それは運営からの報せに他ならなかった。

通常、エンタメ戦争は大将が討ち取られた時点で決着となり、兵士たちは即座に戦闘を停止しなければならない――つまり、ムルナイト帝国軍のデルピュネー将軍が、ムリペンかマッキーリンに敗北したのである。

「そ、そんな」

リオーナはへなへなとその場に座り込んだ。

勝てたのは嬉しい。嬉しいけれど――結局テラコマリを倒すことはできなかった。

いや、もしかしたら命拾いしたのは自分なのかもしれない。

あのまま無策に突っ込んだとして自分は勝つことができただろうか？

可能性は決して高くなかった。

テラコマリは全然余裕の態度を崩さなかったのだから。

いや、なんか最後のほうはめちゃくちゃ焦《あせ》ってたような気もするけどたぶん勘違いだ。

「――わっはっはっは！　どうやらデルピュネーのやつが下手こいたようだな！」

「コマリ様、負けたのに嬉しそうですね」

「いやあ残念だ！　リオーナと勝負できなくて残念だなあ！」

本当に残念だった。

魔核の光が降り注ぎ、死んだ吸血鬼やカピバラたちが蘇っていく。

結果を知ったカピバラたちは狂喜乱舞し、吸血鬼たちは「クソオオオ！」と絶叫して地団駄を踏んでいた。

どうやら本当にエンタメ戦争は終わってしまったらしい。

リオーナは部下たちに囲まれながら、人知れず小さな溜息を吐くのだった。

☆

何が起こったのか――それは端的に言えば「デルピュネーが死んだ」に尽きる。
ムリペン・ペンタゴンの奇襲により第四部隊は壊滅状態に陥《おちい》った。

まさか自爆覚悟の特攻を仕掛けてくるとは思いもよらなかったのだ。デルピュネー側も必死の抵抗を見せ、ムリペンを仕留めることはできたものの、最後の最後で自爆をもろに食らってキングの証を破壊されてしまった。

フレーテ・マスカレールはキリンの相手をしていて援護することができなかった。キリンのボスたるドッキリン・マッキーリンを倒した時にはすでに何もかもが終わっていた。

かくして此度のエンタメ戦争はラペリコ王国側の勝利で幕引きとなる。

ムルナイト帝国では暴動が起き、敗軍の将となったデルピュネーを吊るし上げようとする運動が始まった。が、テラコマリやフレーテの「やめろ！」という叱責により鎮静化。帝都はいつもの平穏を取り戻している。

一方、勝利したラペリコ王国では国を挙げてのお祭り騒ぎだ。

久しくなかったエンタメ戦争での大勝利。

喜ばないほうがおかしいのである。

「はあ〜〜〜〜〜〜……あとちょっとだったのになあ」

核領域のとある都市。昼下がりの喫茶店。

リオーナ・フラットはぐで〜っとテーブルに突っ伏した。

猫耳はへなへなと垂れ、尻尾の動きもいつもより元気がない。お祭り騒ぎのラペリコ王国の中で、唯一あんまり喜べていないのが彼女だった。

対面に座っている少女――プロヘリヤ・ズタズタスキーが新聞をめくりながら、

「浮かない顔をしているな。勝ったのに嬉しくないのかね」

「そりゃ嬉しいよ。嬉しいけどさ。でも私の目的ってテラコマリを倒すことだったんだよね。もうちょっとムリペンがヘタレてくれればチャンスがあったのに。いつもは『無理無理〜！』とか言ってやる気ゼロのくせに、どうして肝心なところでキメちゃうのかな〜」

「それはムリペンとやらに酷すぎる発言だな。祖国のために我が身を犠牲にしてまで頑張ったというのに」

「冗談冗談。ムリペンは頑張ってくれたよ。祝勝会では『本日の主役』だったしね」

「それよりパンケーキいらないのか。食べないなら私がもらってしまうぞ」

「食べるよ！　あんたにはあげないから」

リオーナはフォークを握りしめてパンケーキを切り崩していった。

プロヘリヤは「なんだ残念」と呟いてコーヒーを口に含む。

ちなみにこの蒼玉とはたまにお茶をする仲だ。天舞祭の時にチームを組んだのがきっかけとなり、それ以来たびたび顔を合わせるようになった。べつに友達というほどでもないが、同じ将軍として色々と相談できるのはこの少女だけなのである。年も近いし。

「――しかしまあ、惜しかったな。烈核解放禁止のルールならばリオーナもテラコマリに勝

てただろうに」

「そう思う？　でも通常状態のテラコマリも強そうだったけどな～」

「それは全部ハッタリだ。あいつは【孤紅の恤】を発動していない時は何の力も持たない小娘にすぎない。人を惹《ひ》きつけるカリスマ性だけはあるようだがね」

「はあ？　そんなわけないでしょ。部下たちだって『コマリン最強！』みたいな感じで叫んでたよ？　あれはちょっと怖かったけど」

「気づいていないのか？　テラコマリは部下を騙してるんだ」

「へ……？」

　プロヘリヤは通常時のテラコマリがいかに最弱であるかをつらつら語った。テラコマリが下剋上を恐れて実力を偽っていること。その証拠に通常時で将軍らしい戦闘能力を発揮したケースは一回も確認されていないこと。そして今回のエンタメ戦争で発動した魔法らしきモノもすべて仕込みであったこと――確かに言われてみれば不審な点がいくつかあった。

「――じゃあテラコマリを倒す大チャンスだったってこと⁉⁉」

「そういうことだ。もう同じルールで受けてくれるとは思わないがね」

「うぐぐ……！　でも戦えない相手を追い詰めるのは卑怯《ひきょう》だよね……」

「お前は意外と公平性を重んじるのだな」

「そりゃそうだよ！　無力なテラコマリに勝っても嬉しくないもん！」

「でも烈核解放アリだったらお前に勝ち目はないだろう？　あれは私が本気を出してやっと対抗できるレベルの怪物だからな」

「プロヘリヤってそんなに強いの？」

「私が強いのではない。世界が貧弱なのだよ」

「わけ分かんない！」

プロヘリヤは「冗談だ」と笑った。

どこまで冗談なのか分からない。が、少なくともリオーナはこいつが烈核解放を持っていることを知っている。もしかしたらテラコマリに比肩《ひけん》する力を持っているのかもしれない——そんな予感を抱かせるだけの底知れなさが彼女にはあった。

まあ、プロヘリヤのことはどうでもいいのだ。

リオーナが考えるべきはラペリコ王国のことだった。

一応ムルナイト帝国に勝つことはできたが、あんな内容でラペリコの威信が取り戻せたかは疑問である。だって決め手が自爆なのだ。まーた白極連邦の書記長とかに「考えることが少ないのはいいことだ」などと鼻で笑われてしまうかもしれない（※意訳すると「お前らは単細胞だな」となる）——

「——ふむ。そこまで考え込むことでもないだろうに」

しかしプロヘリヤはリオーナの悩みなど気にせずパフェを食べていた。

そのパフェ奪い取ってやろうかと思った瞬間、彼女はそれまで読んでいた新聞を「ほれ」とこちらに寄越してきた。

「今日の六国新聞だ。その様子だと目を通していないいんだな」

「そりゃ読んでないよ。だってこれってメルカさんが書いてるんだよ」

「いいから読んでみたまえ」

リオーナはしぶしぶ記事に目を通してみた。

どうせラペリコを嘲笑《ちょうしょう》するようなことが書いてあるのだろう――そう思っていたのだが。

六国新聞　4月21日　朝刊
『ラペリコ快進撃　動物たちの大覚醒《かくせい》
ラペリコ王国とムルナイト帝国のエンタメ戦争が20日、核領域〝ラペリコの森〟で行われた。結果はラペリコ王国の大勝利、世界中の専門家の予想を裏切る形となった。両軍は戦争開始直後から一進一退の攻防を続け……（中略）……此度の戦争で活躍が著《いちじる》しかったのはリオーナ・フラット四聖獣大将軍（19）に他ならない。フラット将軍は〝殺戮の覇者〟テラコマリ・ガンデスブラッド七紅天大将軍（16）に一歩も引かず、華麗なる戦略・戦術をもって立ち向かった。惜しくも両者の直接対決は実現しなかったものの、彼女の強靭《きょうじん》な戦闘能力は十分に示された。ラペリコ王国には他にも優秀な将軍が揃っており、今まで注目されてこなかったのが不思議なくらいだ。これからも動物軍団の活躍に期待したい。』

「──あれ？　いい感じのことが書いてある？」

「お前の頑張りでラペリコの評価も変わってくるだろうな。うちの書記長も『あの国は侮れない』と言っていたぞ」

「そうなの!?」

「あの男は公《おおやけ》の場で本心を明かさないからな～」

プロへリヤは美味しそうにパフェを貪《むさぼ》っている。

しかしリオーナの目は新聞に釘付《くぎづ》けとなっていた。

これを書いているのはメルカ・ティアーノ。

テラコマリに関する記事しか書かないと思っていたのに、まさかのまさか、今回はラペリコ王国を賞賛してくれているではないか。

六国新聞は捏造新聞として名高いが、それでも絶大な影響力を持っている。

これでラペリコの強さが世界に伝わるかもしれない──いや、それ以上に、あのメルカ・ティアーノにリオーナの存在を刻みつけることができたのが嬉しかった。

その時、リオーナのポケットの通信用鉱石が光を発した。

相手はムリペン・ペンタゴン。

「――もしもし？　どうかした？」

『あ、リオーナ？　なんか色んなところから取材が来ててさ～、ラペリコ王国軍について聞きたいことがいっぱいあるんだって。私じゃ対応は無理だからリオーナにお願いしたいんだけど』

ブチッ。

リオーナは荷物をまとめて立ち上がった。

プロヘリヤが「ん？」と不審そうに見上げてくる。

「どうしたんだ？　まだパンケーキ食べきってないだろ」

「あげるね！　私はちょっと急用ができちゃったから！」

「では遠慮なくいただこう――って会計はどうする気だお前！」

リオーナはプロヘリヤを無視して店の外に飛び出した。

胸が弾んで仕方がなかった。

ラペリコ王国の威信を取り戻す――今回のエンタメ戦争の目的は達成されていたのだ。

ムリペンや王子に取材を任せておくと大変なことになりそうだから、はやくリオーナが帰って対応しなければならない。

（ふふふ……お父さん！　お母さん！　ラペリコはまだまだやれるよ！）

最初はどうなることかと思った。

でもリオーナが引っ張っていけば何も問題はない。

ラペリコは噛ませ国家じゃない――最強の動物王国。

ムリペンやマッキーリン、モルキッキなどの優秀な将軍が揃っているのだから。

「――おいこら！　支払いを私に押しつけるなんていい度胸だな！　お前はそれでも誇り高きラペリコの将軍かぁー！」

「ごめん！　別の日に奢《おご》ってあげるからぁーっ！」

背後から追いかけてくるプロヘリヤのことはどうでもよかった。

リオーナは満面の笑みを浮かべ、ポケットから【転移】の魔法石を取り出すのだった。

※

ちなみに七紅天は三カ月に一度、他国と戦争して「勝利」しなければならない。

ラペリコ王国軍との戦争は敗北に終わったので、コマリの死の運命は回避できていなかった。

これに気づいたコマリは大騒ぎをしていたが、ちょうどチンパンジーが「同僚に続け」といった感じで宣戦布告してきたので、辛《かろ》うじて三カ月延命することに成功したのであった。ちなみにハデス・モルキッキ中将は五分で討ち死に。

2 アイラン・リンズの百花繚乱《ひゃっかりょうらん》

夭仙郷《ようせんきょう》。

空飛ぶ神仙種《しんせん》たちが住まう神秘の領域。

この国は現在、魔核《まかく》が消失したことによって窮地《きゅうち》に立たされていた。公主《こうしゅ》アイラン・リンズの烈核解放《れっかくかいほう》・【先王の導《せんおうしるべ》】によって生かされていた《柳華刀《りゅうかとう》》は、華燭《かしょく》戦争のあれこれのせいでついに自壊し、粉々に砕け散ってしまったのだ。

魔核は六つ集めると願いを叶《かな》える効果を発揮《はっき》する。

しかし第一世界の魔核は五個しかなくなってしまった。

アマツ・カルラの【逆巻《さかまき》の玉響《たまゆら》】を用いたとしても修復はできない。かの烈核解放は人の意志に干渉することは不可能、つまり魔核に込められた願いを元に戻すことも不可能。

夭仙郷では魔核による奇跡を期待することができなくなった。

神仙種たちは、六百年続いた魔核社会から脱しなければならないのだ――

※

「天子《てんし》陛下万歳!!　天子陛下万歳!!　天子陛下万歳!!　天子陛下万歳!!」

私の目の前では大勢の夭仙《ようせん》たちが万歳をしていた。

第七部隊の連中に勝るとも劣らない熱気である。が、これならまだコマリンコールを叫ばれたほうがマシだった。七紅天《しちぐてん》として崇拝されるならまだしも、わけの分からん〝天子〟とかいう存在として崇《あが》められるのは居心地が悪いことこの上ない。

「……ねえリンズ。さすがに恥ずかしいんだけど」

「ご、ごめんね！　夭仙郷はこういう伝統だから……！」

隣に立っている孔雀《くじゃく》のような少女、アイラン・リンズが申し訳なさそうに縮こまった。彼女がここにいる理由は単純、「天子陛下の配偶者だから」。華燭戦争の結果、夭仙郷の書類上では私とリンズは結婚したことになっているらしいのだ。

それはともかく。

夭仙郷・京師《けいし》の中央部――紫禁宮《しきんきゅう》である。

私は何故《なぜ》かこの国のトップとして臣下たちの前に立っていた。

リオーナとのエンタメ戦争も片付き、悠々自適な引きこもりライフを送っていたところに手紙が届いたのである――曰《いわ》く、「天子として夭仙郷をまとめてくれ」。

差出人は夭仙郷の前天子、つまりリンズのお父さん、アイラン・イージュ。

もちろん私は見なかったことにするつもりだったのだが、例によって変態メイドが「天仙郷を征服する足掛かりになりますよ」とかなんとかほざいて強制連行しやがったのだ。

で、私が天仙郷に着いた途端にこれである。

官吏《かんり》どもが「待ってました！」と言わんばかりに集まってきて、万歳三唱の大騒ぎ。なんでも今の天仙郷には官吏たちをまとめるリーダーが存在していないそうで（丞相《じょうしょう》の地位も空席）、山のように積み重なった政治問題を適切に処理することができていないらしいのだ。

だから私がめちゃくちゃ歓迎されている。

いや歓迎されても困るんだが。

「嫌だったら言ってね。コマリさんが天子をやめられるように皆を説得してみる」

「説得できるような状況なのか、これ……？　ていうかリンズこそ嫌じゃないの？　こういう政治っぽい仕事をするのはやめにしたんじゃなかったっけ？」

「そうだけど、コマリさんだけに任せられないから」

「まあ確かに私なんかじゃ心配だよな」

「ち、違うのっ！　私はコマリさんと一緒にいたくて……」

「え？　そ、そう？」

リンズが赤くなっているので私も恥ずかしくなってしまった。この子って私の結婚相手なんだよな。いやだから何だって話なんだけど——そんな感じで複雑な気分を抱いていると、隣のヴィルが「コマリ様」と不満そうに私の脇腹《わきばら》をつまんできた。つまむな。

「リンズ殿とイチャイチャしないでください。それ以上ラブコメじみた波動を発すると私のコマリセンサーが異常を検知してコマリ様の服を自動的に脱がすことになります」

「何でだよ⁉　だいたいラブコメって何……⁉」

「分からないなら別にいいので早く天子としての挨拶《あいさつ》をしてください」

「んなこと言われても……」

私は宮殿に勢揃いしている夭仙たちを見渡した。

彼らは子供のようにキラキラした目で私を見つめている。

いちばん前にいた髭《ひげ》の長いお爺《じい》さんが一歩前に出て、

「テラコマリ・ガンデスブラッド陛下。我ら臣《しん》一同、あなた様のご聖断を心待ちにしております。どうか夭仙郷を正しい方向へ導いてくださいますよう」

夭仙たちが一斉に頭を下げた。

もはや逃げ場はないようだった。隕石《いんせき》を落としてしまった負い目もあるし、罪滅ぼしも兼ねて期待に応《こた》えられるように頑張るしかない。私は気づかれない程度に溜息《ためいき》を吐《つ》くと、しぶしぶといった感じで将軍様モードに切り替えて、

「――諸君！　よくぞ私を天子として迎えてくれた！　私が来たからにはもう安心だ、夭仙郷に積み重なっているガンコな水汚れのように面倒くさい諸問題は即座にまとめて解決してや

ろう！　なに心配することはない、私は将軍としても優秀だが、為政者《いせいしゃ》としても一億年に一度の実力を持っているのだ！　諸君は大船に乗ったつもりでお仕事に励むがよい、私が何とかできる範囲で何とかしてやろうではないか！」

うおおおおおおおおおおおおおおおおおぉぉぉぉぉ————————!!

天子陛下万歳!!　天子陛下万歳!!　コマリン陛下万歳!!

第七部隊みたいに騒ぎ始める夭仙たち。

私は一仕事終えたような気分で額《ひたい》の汗を拭《ぬぐ》った。

するとヴィルが「さすがですねコマリ様」と小さく拍手をしてくれた。

「第七部隊で鍛えたハッタリ能力が如何《いかん》なく発揮されております。夭仙たちはすっかりコマリ様に騙《だま》されておりますね」

「ははは。私にかかればこのくらいは楽勝だ」

「まあ騙す必要はありませんでしたけどね。夭仙郷では下剋上《げこくじょう》される心配はありませんし」

「……は？」

「普通に『至らない点はあるけど精一杯頑張ります！』くらいで十分だったかと思います。わざわざ詐欺《さぎ》みたいな誇大広告をすると実力がバレた時に大変なことになりそうですよ」

「そういうことは先に言えよ!?!?」

いつものノリで無駄に強者アピールしちまったじゃねえか!?

これで私の政権運営能力がポンコツだと分かったら本当に暗殺されるかもしれんぞ⁉

くそ……こうなったら面倒なことはヴィルに押しつけるしかない。

私は傀儡《かいらい》政権の傀儡と化すことによってのらりくらりと危険を回避して――

「――陛下！　さっそくですがこちらのご裁可をお願いいたします」

ドサリ‼

私の目の前に大量の書類が置かれた。

え？　何これ？　多すぎてタワーと化してるんだけど？

「華燭戦争の後処理、魔核の問題、常世《とこよ》に通じる〝扉〟の運営などなど、解決しなければならない仕事が山積しております。しかし我々はなんと幸せなのでしょう、ガンデスブラッド陛下がその類稀《たぐいまれ》なる手腕で解決してくださるとか！」

「う、うむ……」

「臣一同、期待しております。神仙たちの未来はガンデスブラッド陛下の手に委《ゆだ》ねられたといっても過言《かごん》ではありませんぞ」

「…………」

ニッコリと笑うお爺さん。

私はその書類のタワーを見ながら考える。

このタワー、不思議な力でケーキとかに変身したりしないだろうか？

しないよな。無理だよな。あははは。

「ちなみにですが、天仙郷でのお仕事は七紅天のお仕事とまったく関係ありません。休日返上で一緒に頑張りましょうね」

「ぷわああああああああああああああああ」

理性が爆発《ばくはつ》した。

何故かリンズが平謝りしていたのが印象的だった。

☆

アイラン・リンズは王朝の呪縛《じゅばく》から解き放たれた。

魔核のために命をすり減らすこともなく、公主として国民のためにその身を犠牲にする必要もなく、自分の望むままの人生を謳歌《おうか》すればよくなったのだ。

やりたいことはたくさんある。

その中でもとりわけ強烈に望んでいることが二つあった。

一つは自分だけの園芸店を開くことだ。父親の風流趣味が遺伝したのかは分からないが、リンズは物心ついた時から植物が好きだった。紫禁宮にはリンズがプロデュースした庭園がいくつかあるし、その腕前は専門の官吏をして「素晴らしいです!」と言わしめるほどだ（おべっかが多分に含まれているだろうけれど）。だから市井《しせい》におりた後もそういう分野に関《かか》わりたかったのである。

そしてもう一つは――テラコマリ・ガンデスブラッドに関することだった。

あの吸血鬼はリンズの在り方を根本的に変えてしまった。京師に鮮やかな虹をかけ、愛蘭朝《アイランちょう》の陋習《ろうしゅう》を小指一本で破壊し、挙句《あげく》の果てにリンズの心を丸ごと奪っていってしまったのだ。

そう――心が奪われてしまっているのだ。

これは冗談抜きのガチである。

アイラン・リンズはテラコマリ・ガンデスブラッドにガチ恋しているのである。

「――分かってるよ。リンズはテラコマリのことが好きなんだろ」

ある晴れた日。

従者のリャン・メイファが何気なくそんなことを言い放った。

あまりに突然だったので、リンズは飲んでいたお茶を噴き出しそうになってしまった。

「な、な、何を言ってるの、メイファ……⁉」

「バレバレだよ。リンズは隠し事が下手だからね」

確かにバレバレだったかもしれない。

コマリのそばにいると心臓が五月蝿《うるさ》いくらいに跳ねる。

メイファは耳がいいから、その音が聞こえてしまったに違いなかった。

リンズはティーカップで口元を隠しながら上目遣《うわめづか》いでメイファを見つめる。

「だ、誰《だれ》にも言わないで……ね……？」

「ほとんどの人間にバレてると思うけどね。べつにきみがテラコマリを好きになることは全然構わないんだけど、付き合わされている身としてはそろそろじれったくなってきたんだよ。リンズは奥手すぎるんだ」

「う……それはそうかも……」

「常世の鉱山都市でテラコマリと一緒だったんだろ？　周りは逆さ月のテロリストばかり、本当に信用できるのはお互いだけ。そんな状況でどうして何も進展しなかったんだろうね」

「そ、それは必死だったから」

「まあ本当にそうなんだろうけど、そのチャンスを活かせないようじゃ勝ち目はないね。リンズも知ってると思うけど、テラコマリはめちゃくちゃ競争率が高い。しかもヴィルヘイズやサクナ・メモワールみたいなイッちゃってる連中に付きまとわれている」

「私よりもあの人たちのほうがコマリさんと付き合いが長いし……」

「そういう控え目なところが駄目なんだよ！　聞けばリンズはメモワール閣下に対して『皆に認められないならテラコマリとの婚姻関係を破棄してもいい』みたいなことを言ったそうじゃ

ないか。あーダメ。本当にダメ。手札を自分から捨てにいってどうするんだよ」

「で、でもあれは書類上の話だよ？」

「書類上でもいいじゃないか。望まぬ結婚から始まる関係だってあるだろ。僕が読んでる漫画にはそういうのがたくさんある」

漫画の話なの？――と思ったが口には出さずにおく。

リンズはコマリのことが大好きだ。

でも周りに憚《はばか》って一歩踏み出せずにいる。

「書類上の結婚相手」という微妙な関係から抜け出せずにいる。

リンズはそれでもいいような気がしているのだ。コマリさんに迷惑をかけてしまうかもしれないから。それに、今は常世とか魔核とかのことで色々と大変だから。

メイファは紅茶を飲み干してから言った。

「――来週、テラコマリが天仙郷に来ることは知ってるよな？」

「え？　うん。お父様が呼んだんだよね」

「そこで作戦を実行する。名付けて『リンズのことを意識してもらおう大作戦』だ」

「あ、あの、あんまり変なことはしないほうがいいような……」

「リンズはそれでいいのか⁉　テラコマリと愛し合える関係になりたくないのか⁉」

「うっ……」

それはなりたい。いや、愛し合うという言葉が適切なのかどうかは分からないけれど、もっとコマリと仲良くなりたい。政略結婚による事務的な関係ではなく、街にあふれている仲睦《なかむつ》まじい「ふうふ」のような関係になりたい。

「作戦の内容はこれから詰めるけど、テラコマリには何としてもリンズのことを意識してもらいたいところだね。リンズはこれまで公主として頑張ってきたんだから、それくらいの望みを抱いていても罰は当たらないさ」

「う、うん……ありがとう」

「それにテラコマリを京師に縛りつけることができれば、夭仙郷の未来が明るく開けていくだろうからね。あの吸血鬼を自陣に引き入れておくことは重要だ」

メイファァは多角的な方面から物事を考えているらしい。権謀術数の渦巻く後宮に仕えていたため、そういう打算的な考えも得意なのだろう。華燭戦争の時は【屋烏愛染《おくうあいぜん》】でコマリの心を操《あやつ》った前科もあるわけだし。

ただ、「あの吸血鬼を自陣に引き入れる」というメイファァの発言はちょっとズレている。

テラコマリ・ガンデスブラッドは、本人が意識しているかどうかはともかく、すべての国を〝自陣〟にしようとしているのだ。

まあ、そういう細かいことは後にして。

今はコマリと会える日を楽しみに待つとしよう。

☆

「一番の問題は魔核か……これ本当にどうすればいいんだ……？」

「現状、天仙郷の怪我人《けがにん》・病人はアルカやムルナイトの魔核に登録して核領域で治療しているそうですね。しかしこれは対症療法的な処置にすぎないので、制度として天仙たちを他国の魔核に登録できるよう準備を進めなければなりません」

「他国との調整を上手《うま》くやらなきゃいけないってことか。ムルナイトは皇帝に放り投げておけばいいとして、あとはアルカとか天照楽土《てんしょうらくど》とかに協力を頼んでみるか。ネリアやカルラなら快く引き受けてくれそうな気がするし」

「白極連邦《はっきょくれんぽう》とラペリコ王国にも一応声をかけておきますね。どちらの国もそれぞれ別の意味で何を考えているのかよく分からないので、拒否される可能性も十分ありますが」

「さすがに拒否はしないんじゃないか？　だって天仙郷の人たちが苦労してるんだぞ？　こういう時こそ助け合わなくちゃダメだろ」

「まあズタズタ殿あたりは喜んで支援してくれそうですよね。たとえ書記長から止められたとしても」

　天子の執務室には西日が差し込んでいた。

官吏たちから仕事を押しつけられたコマリは、朝からずーっと部屋にこもって夭仙郷のために働いていたのだ。最初の頃《ころ》は「もーやだ！」「引きこもりたい！」「ちょっとトイレに行ってくる」などと言って大騒ぎしていたが、リンズやヴィルヘイズのサポートもあり、なんとか書類のタワーの底が見えてきた。ちょうど日も暮れてきたので、残りは後日に回して休憩を取ることにする。

「お疲れ様、コマリさん」

リンズはお茶を淹《い》れてコマリのもとへと持っていった。

コマリは「ありがと～！」と嬉《うれ》しそうにカップを受け取ってくれる。

「――ぷは～。美味《おい》しいねこれ」

「夭仙郷で人気の〝飛仙銀針《ひせんぎんしん》〟だよ。すっきりしてて飲みやすい銘柄なの」

「へー！　詳しいんだな」

「リンズはこの国のことを全然知らない箱入り娘だったけど、常世から帰ってきてから色々と勉強してるんだよ。今度はちゃんとテラコマリを案内してあげられるようにね」

「め、メイファ。そういうのは言わなくていいからっ……」

この従者は割と無神経なことを言ったりするのだ。

もしかしたら単にからかっているだけなのかもしれないけど。

「そ、それよりもコマリさん。今日はありがとね。官吏のみんなも『滞っていた仕事が動き出した』って喜んでいたよ」

「リンズは別に手伝ってくれなくてもよかったんじゃないか？　夭仙郷の政府とはもう関係ない身分なんだし……」

「コマリさんと一緒にいたかったから」

「そ、そうか」

コマリはちょっと気まずそうに目をそらしてしまった。

それをメイドのヴィルヘイズが目敏《めざと》く発見し、

「ところでリンズ殿、この仕事はいつまで続くのですか？」

「えっと、天子の通常業務のことですか？　それは在位している限り続くと思いますけど」

「それをこなすのは無理ですね。ムルナイト帝国では七紅天のお仕事もあるのですから、夭仙郷にばかり構っている暇はないのです。もっとコマリ様に休みを与えなくてはなりません」

「あれ？　耳を疑うようなセリフが聞こえたんだが……？」

「気づいたのです。いくら私の趣味がコマリ様にお仕事を押し付けることだとはいえ、押し付けすぎるとコマリ様とイチャイチャする時間が減ってしまいます。特に今回みたいな頭を使う書類作業だとイタズラをして楽しむ余裕もありませんし」

「イタズラすんなよ⁉——でもまあ私の頭が物理的にパンクしそうなのは事実だな」

「コマリ様の頭は小さいですからね」

「どういう意味だお前」

「小顔で可愛《かわい》らしいという意味です。さて、お仕事もひと段落ついたことですし恒例のイチャイチャタイムと洒落《しゃれ》込みましょうか――ああコマリ様コマリ様！　今日は一緒にお風呂《ふろ》に入りましょうね私がお背中を流して差し上げますね」

「まーたお前はコアラのように抱き着いてきやがって!!　あっち行け!!」

ヴィルヘイズがコマリに頬擦《ほおず》りを始めた。

羨《うらや》ましいなとリンズは思う。人目をはばからずにあれほど大胆な行動ができるなんて、ある意味で尊敬の念すら覚える。あの二人の間に割って入ることは物理的にも心理的にも不可能。リンズでは到底手の届かない変態の境地がそこに展開されていた。

メイファが「ごほん」と咳払《せきばら》いをして、

「まあ、本来これは天子がやるべき仕事じゃないんだよな」

「と言いますと？」

「政策文書の作製は丞相がやるのが慣例なのさ。天子はその文書に目を通して朱を入れるだけでいい。極論、丞相さえ動いていれば政府は機能する。ちょっと前の夭仙郷がそうだったようにね」

「でも今はいないんですよね」

「ああ。グド・シーカイが失脚してから空席のままだ」

「新たに任命すればいいのでは？」

メイファはちょっと口籠《くちごも》った。

事情を知っているリンズにはその気持ちが分かってしまう。

「――そのうち高官たちが何とかする。テラコマリが忙しいのは今だけだと思うから、もう少し辛抱してくれると助かるよ」

「こうして考えてみるとグド・シーカイがいかに特異だったかがよく分かりますね。やってることは非道の極みでしたが、安定した政権を築くという点では非常に優秀です」

コマリが「確かになあ」と頷《うなず》いて、

「あいつは牢屋にいるんだっけ？　なんかコツとか聞けないかな……」

「やめてくださいコマリ様。あんな変態に近づいたらアレルギーでくしゃみが止まらなくなりますよ」

「まあそうだな。変態は今私の周りにいるやつらだけで十分だ」

「メモワール殿には手を焼いておりますからね」

「お前は何を言ってるんだ？」

「コマリ様が知らない世界の真実ですね。それはさておき、今日は紫禁宮でお泊まりパーティーです。ボードゲームでもしながらイチャイチャしましょうか」

「イチャイチャはともかくせっかくだから遊びたいところだな」

「ちょっと待ってくれ。ヴィルヘイズに話しておきたいことがあるんだ」

リュックから双六《すごろく》を取り出そうとしていたヴィルヘイズが固まる。

不審そうな目でメイファのことを見つめながら、

「私にですか？　何でしょう？　これからコマリ様がゲームに熱中している隙《すき》を突いて色々なところをまさぐるという大事な予定があるのですが……」

「まさぐんな！」

「いや、こっちも大事な話なんだ。実は——」

メイファはヴィルヘイズに近づくと、コマリに聞こえないようコソコソと囁《ささや》く。

しかし隣にいたリンズの耳には自然と入ってしまった。

「——テラコマリとリンズをチュウさせようと企《たくら》む勢力が暗躍している」

「⁉」

お茶を噴きそうになった。ヴィルヘイズも驚愕《きょうがく》に目を見開いて固まっている。

「やつらはテラコマリを夭仙郷に縛りつけようとしているんだ。書類上ではリンズと結婚したことになっているけど、そんなものは意味を持たない。何故なら二人の気持ちは全然くっついていないからだ。痺《しび》れを切らした連中は既成事実を作ってしまおうと企んでいるのさ」

「な、何ですかその不埒《ふらち》な連中は。毒殺しておかなければなりません」

「そいつらは〝チュウの会〟と呼ばれている。これからやつらが離宮で秘密会談をするという情報が入ったから、こっそり潜入調査をしようかと思ってね。ヴィルヘイズがいてくれると心強いんだが……」

「もちろん行きますッ！　連れていってくださいッ！」

「――三人とも、何の話をしてるの⁉」

「何でもありません。コマリ様はそこに座っていてください」

コマリは頭上に「?」を浮かべて再び椅子《いす》に座った。

リンズの頭も「?」で埋め尽くされていた。

メイファは一体何を考えているのだろう。

「決まりだな。ついてきてくれ」

「許せません……〝チュウの会〟……」

ヴィルヘイズは黒いオーラを発しながらメイファの後に続いた。

去り際《ぎわ》、メイファがこっそりサムズアップするのを目撃してしまう。

それで作戦の概要が分かった。

〝チュウの会〟はヴィルヘイズを連れ出すためのデタラメだ。「こっちで邪魔者は何とかするからそっちも二人で何とかしてくれ」――メイファは言外にそう言っているのである。

「どうかしたのかな？　ヴィルがとんでもない顔をしてたけど……」

「き、気にしないほうがいいよ！　それよりお茶のおかわりいる？」

「うん。ありがとう」

リンズはコマリのコップにお茶を注《そそ》ぎながら考える。

普段、二人きりになれる機会はほとんどない。常にヴィルヘイズが付属品のように付属しているからだ。この絶好のチャンスを逃す手はないのだけれど――

いったい、何をどうすればコマリと距離を縮めることができるのだろう?

リンズの目的は〝コマリに特別視してもらうこと〟。

しかしそれは極めて曖昧《あいまい》でつかみどころのない願望に思える。

リンズとコマリは結婚している。外堀という点でいえば、もはや埋まりすぎて山と化しているほどだ。そんな状況でこれ以上何をすればコマリと仲を深めることができるのか。いや結婚しているのに仲が深まっていない時点で色々と問題なのではないか。

「美味しいな。やっぱりお茶は落ち着くよ」

「好きなだけ飲んでいってね」

「ありがとう」

「うん……」

「…………」

おかしい。何で。会話が続かない。

いや、常世で一緒だった時から薄々気づいていたけど、二人きりになると随所で沈黙が発生して奇妙な空気になることがあるのだ。それはたぶん二人の性格による。リンズが超・受け身であることは言うまでもないが、コマリもコマリでちょっと受け身寄りなのである。

だがこれで問題はハッキリした。

沈黙が苦ではない関係になることを最初の目標にしよう。

でも意識すると余計に緊張してくる。とりあえず何かを言わなければならない。できればコマリを楽しませることができる小粋《こいき》なジョークを挟みながら――いやいやそんなの無理。リンズの性には合わない。

「――え、えっと、お仕事の話なんだけど」

結局リンズは逃げた。事務的な話題ならいくらでも続けることができるのだ。

「やっぱりコマリさんに天仙郷のことを押しつけ続けるのはよくないと思うの。だからメイファと相談して色々と対応策を考えてて」

「私が退位するのは不可能なのか？」

「ごめんね。天子がいないと天仙郷が今度こそバラバラになっちゃいそうで……」

「ぐぬぬ……まあ他にできそうなやつがいないって言ってたもんな……いや私が『できそうなやつ』に分類されていること自体おかしいんだけど……」

そこでコマリが「あ」と何かを閃《ひらめ》いた。

「さっきも言ってたけど、はやく丞相を見つければいいんじゃないか？」

「そ、それは……」

実は新しい丞相は決まりつつあった。

しかしそれをコマリに告げるのはちょっとはばかられる。そもそもリンズやメイファだってあんまり納得していないのだ。何故ならそいつはリンズにとって非常に複雑な立ち位置の人物であり――いや、いつまでも隠していたって仕方がないだろう。

「実はもう丞相の目星はついてるの」

コマリが顔を上げる。

「その人しかできる人がいないから……」

「誰なの？　もしかしてメイファとか？」

「ううん。メイファは後宮出だから要職にはつけない」

リンズはちょっと躊躇《ためら》ってから言った。

「グド・シーカイだよ。あの人の天仙郷を思う心は本物だから」

☆

「――〝チュウの会〟の会合はどこで行われるのですか？」

「場所はこないだテラコマリの隕石で半壊した紫禁宮の離れ。建築魔法ですっかり元通りになっているけれど、普段は人が寄りつかないから密会には持ってこいなんだ」

ヴィルヘイズはリャン・メイファに連れられて宮殿内を歩いていた。

太陽が傾き始めた京師は茜色に染まっている。

やはり変態どもは日が暮れると活発化するようだ。リンズとコマリをチュウさせる――その邪悪で荒唐無稽《こうとうむけい》な企みは必ず阻止しなければならなかった。ただでさえあの二人は急接近しているのに、これ以上外堀を埋められたらメイドの入り込む余地がなくなってしまう。

――ああコマリ様。どうしてあなたはそんなにおモテになられるのですか。

実はヴィルヘイズは悶々《もんもん》とした思いを抱えていた。

コマリは男女問わずモテまくる。

最初は二人きりでスタートした旅路《たびじ》だったはずなのに、様々な苦難を乗り越えるにつれ、コマリの周りには大勢の人々が集まるようになってしまった。その中でもいちばんヤバイのはアイラン・リンズであろう。あの夭仙はあまりにも純朴でいじらしいから、他の変態どもには辿《たど》りつけないラヴ・ロマンスの境地に達してしまう可能性があるのだ。

〝チュウの会〟は潰《つぶ》さなければならない。

この命に代えてでも。

「――ここだ。くれぐれも足音を立てないでくれよ」

メイファが極彩色《ごくさいしき》の扉をゆっくり開けた。

「先に入れ」と促されたので、警戒しながら足を踏み入れる。

西日に満たされた、何の変哲もない小部屋である。

どんな変態どもが鳩首凝議《きゅうしゅぎょうぎ》しているのかと思ったが——そこにいたのは二人の女の子である。どちらも召使いといった感じの質素な服装。まるでヴィルヘイズを待ち構えていたかのような雰囲気でこちらを見つめていた。

「あなた方が〝チュウの会〟の会員ですか？　いったい何を——」

がこぉん。かちっ。

扉が閉まる音。そしてロックがかかる音。

振り返ると、そこには無表情でたたずむリャン・メイファの姿があった。

さすがに様子がおかしいことに気づく。

「メイファ殿？　これは何の真似《まね》ですか？」

「悪いなヴィルヘイズ。僕が〝チュウの会〟の会長なんだ」

「は？」

「勘違いしないでくれると助かるが、別にあなたに暴行を加えようってわけじゃない。リンズとテラコマリを二人きりにするためには、あなたの存在がどうしても邪魔だったんだ」

なんて。なんて邪悪なことをしやがるのだ。

ヴィルヘイズは拳《こぶし》を握ってメイファを睨《にら》みつけた。

「ゆ、許せません……私を騙したのですね……！」

「それについては悪いと思っている。が、僕はリンズの味方だからね。あの子が幸せになれるのならば手段を選ぶつもりはない」

「帰ります」

「無駄だ。その扉にはロックがかかっている」

「素手でぶち壊します！」

「だから無駄だって。障壁魔法による保護もされているからね。その扉を開きたいのならば、あなたが取るべき行動はただ一つ——」

　メイファはカツカツと靴音を鳴らしながら部屋の中央に向かった。

　そこに鎮座していたのは、四つの椅子が備えられたテーブルである。

　いや、あれはただのテーブルではない——

「——ここは〝麻雀《マージャン》で勝つまで出られない部屋〟だ。あなたがトップになるのが先か、テラコマリとリンズがチュウするのが先か。僕としては朝まで付き合ってもらいたいところだね」

「ひ……卑怯《ひきょう》ですよメイファ殿……」

「恋愛に卑怯な手は存在しないよ。あなたが間抜けだっただけだ」

「コマリ様に連絡させていただきます」

「テラコマリの通信用鉱石はスってある」

「なっ……！」

メイファの手にはコマリの鉱石が握られていた。

つまりこちらから危険を知らせることは不可能ということだ。

「言っておくが、僕を暴力的にノしても無駄だからね。封印は外部からかけられていて、僕たちにも解除はできない。脱出する方法はあなたが勝つことだけだ」

控えていた女官たちが雀卓《ジャンたく》に腰をかけた。麻雀で三対一になったら勝ち目などあるはずもない。つまり、メイファはこちらを朝まで返すつもりがないらしい。

邪悪。あまりにも邪悪。

コマリにチュウさせるわけにはいかない。一刻も早くこの絶望的な状況を打破しなければならない――ヴィルヘイズは目を細めて周囲の様子を確認した。障壁魔法は本当に発動しているらしく、扉だけでなく窓まで強固に閉ざされていた。

「――分かりました。一回目で叩き潰して差し上げます」

ヴィルヘイズはゆっくりと席についた。

よかろう。引っかかったほうが悪いというのは正論だ。

であれば真正面からねじ伏せてやればいい。

「そうこなくっちゃね」

メイファがニヤリと笑った。

こうしてチュウを賭《か》けたバトルが人知れず開幕する。

☆

もちろんリンズにチュウをする勇気なんてなかった。

それどころか日常会話すら覚束《おぼつか》ない。コマリのことを意識すればするほど思考が変な方向に突き進み、針の筵《むしろ》に座っているかのような沈黙が到来するのだった。

だからリンズは逃げることにした。

紫禁宮の西方に存在する監獄――

愛蘭朝に歯向かった者を放り込んでおく地下収容施設である。

普通は足を踏み入れていい場所ではないのだが、天子の権限を利用すれば余裕である。

目的はグド・シーカイに面会することだ。

次の丞相の話をしていたら、コマリが「せっかくなら一回会っておきたい」と言い出したのである。メイファが聞いたら大激怒《げきど》するだろう。苦労して二人きりにしてやったのに何であんな変態に会いに行くんだよ、と。

リンズとしても複雑な気分だった。

コマリとの時間が減るのは残念だったが、他人を介することで会話が弾むのならそれはそれでいいような気もする。それはそれとして、色々と因縁のあるグド・シーカイと再会するのは尋常《じんじょう》ではないほどに緊張した。だって華燭戦争以来接点がなかったし——

「——なっははは！　これはこれは珍しいお客人だ！　まさか再びお会いできるとは」

監獄の奥の奥。

特別待遇の牢獄《ろうごく》にその男はいた。

ずっと繋《つな》がれているはずなのに、その瞳《ひとみ》から活力が衰えることはない。

独房には大量の書籍や食料が運び込まれているが、あれはシーカイを慕う夭仙郷国民たちの差し入れなのだという。やっぱりこの神仙は今でも大人気なのだった。

「ひ、久しぶりだな。元気だったか」

コマリがおずおずと口を開いた。シーカイはニヤリと道化師《どうけし》のように笑い、

「私は元気さ。いつでも夭仙郷の平和とリンズ殿下の安寧《あんねい》を願っているよ。どうだね、新婚生活は上手くいっているかね」

「え？　まあ。リンズとは仲良くやってるけど」

「それはめでたいねえ！　私のかわりにリンズ殿下を幸せにしてくれたまえ」

「う、うむ。分かっている……」

ちらりとコマリがこちらを見つめてきた。

たぶん耳まで赤くなっているのであんまり見ないでほしい。

コマリは「ごほん」と咳払いをして話を変えた。

「それよりシーカイ、丞相の件について聞いているか？」

「私を再び任命しようとする動きがあるようだね――嗚呼《ああ》！　まったく王朝の連中も掌返《てのひらがえ》しがお得意のようだ！　華燭戦争ではあれほど私のことを糾弾《きゅうだん》したというのに、いざその力が必要となれば恥も外聞も捨てて頼ってくるなんて！」

天仙郷をまとめられるのはグド・シーカイしかいない――それが天仙郷政府の高官たちが出した結論だった。シーカイは未《いま》だに天仙たちから尊崇を集めているが、それは彼の卓越した政治手腕が認められているからに他ならない。

とはいえ、本人にとっては今更再登板を求められても虫のいい話としか思えないだろう。

今でもこうして牢屋の中で窮屈な生活を強いられているのだから。

「まあそうだよな。お前をここに放り込んだのは私たちだしな……」

「その通りだ。私はすでに敗北を喫した身、表舞台に立つことを望んではいない――しかしまあ、天子の勅命《ちょくめい》とあらば力を貸すのも吝《やぶさ》かではない」

「え？」

「前天子アイラン・イージュ様は器ならざる人物であったが、私を打ち負かしたテラコマリ・ガンデスブラッド陛下の言うことならば従うのもイヤではない。あなたがいれば天仙郷は繁栄していくことだろう――否《いな》、天仙郷どころか六国《りっこく》全体がよい方向へと導かれていくような気がする」

　リンズは思わず息を呑《の》んだ。

　シーカイはコマリの進もうとしている道に気づいているのだ。

　その瞳にはかつての邪悪な気配は感じられなかった。牢獄にいるうちに彼の心に変化が訪れたのであろうか。あれほど「怖い」と思っていたのに不思議なものだ。

「……外に出てまた悪いことをするつもりじゃないだろうな？」

「そう思われるのであれば仕方があるまい。君主の信頼を獲得できないのは臣の責任だ。ただ、私が天仙郷やリンズ殿下のことを真に愛していることは知っているだろう？　華燭戦争はこの国のために起こしたことだったのだ。それでも疑うのならば処刑しても構わぬ」

「そっか。分かったよ」

　コマリはふと微笑《ほほえ》んで言った。

「実は私一人じゃなかなか上手くいかないんだ。ムルナイト帝国のことも色々あるしな……もしよかったら、私が大変な時に助けてくれると嬉しいんだけど」

「……一つ聞くが、キミは私を恨《うら》んではいないのかい」

「恨む？　何で？」

「それはもちろんキミにヒドイことをしたからさ！　華燭戦争では爆弾でキミの身体《からだ》を粉々にしようとして――」

「いいよべつに。お前はこうして罰を受けてるんだから。あとは夭仙郷の人たちがどう思うかだよな」

シーカイの目が満月のように見開かれていった。

オーバーに手で顔を覆《おお》い、「はあ」と大きな溜息を吐いて、

「なるほど。六国を平らげる英雄か。まさにユーリン・ガンデスブラッドの娘といったところだな――キミのような人間ならば安心してリンズ殿下を任せることができる」

「お前は私に協力してくれるのか？」

「仰せのままに。あなたの寛大な心に報《むく》いるためならば、どんな仕事にも身を粉にして打ち込みましょう。夭仙郷の平和が私の大願であることに変わりはありません」

シーカイが恭《うやうや》しく頭を下げた。それは紛れもない臣下の礼。

この夭仙はコマリのことを認め、コマリのために働くと誓ったのだ。

コマリは満足そうに頷くと、「じゃあまた来るよ」と手を振って踵《きびす》を返した。

これで王朝は軌道に乗るだろう。グド・シーカイが類を見ない能吏《のうり》であることは誰もが知るところなのだから――そんなふうに安堵《あんど》しながらリンズはコマリの後に続こうとして、

「待ちたまえリンズ殿下」

「は、はい？」

背後からシーカイが小声で話しかけてきた。何故か咎めるような目で見つめられる。

「キミは何故清々《すがすが》しい顔をしているのかね？　このままでいいと思っているのかね？」

「えっと……天仙郷が平和になるのはいいことだと思います……？」

「それは確かに大事だ！　しかし、しかしだね、そういう面倒な政《まつりごと》のことばかりを考えていたら、いつまで経《た》っても想《おも》い人の心を射止めることはできないぞ！」

心の扉を強引《ごういん》にこじ開けられた気分だった。

いや。何で。そんなこと知ってるの。

「――リンズ？　どうしたんだ？　そいつにまだ用があるの？」

「な、何でもない！　コマリさんは先に戻っててくれると嬉しいなっ……！」

それだけ言って再びシーカイのほうに向き直り、

「心ならもう射止めてるから大丈夫っ！　だって私とコマリさんは結婚してるし、」

「嗚呼！　なんて幼稚な誤魔化《ごまか》し！　一目見れば分かってしまうよ、キミとガンデスブラッド陛下は政略結婚させられただけの関係だ！　そこに愛はない」

「⁉」

愛がない。そうかもしれない。でも言葉で指摘されるとショックだった。

「このままでは曖昧な関係性のまま終わってしまうだろう。それもそれで一つの形なのかもしれないが、元・婚約者としてはどうにも煮え切らぬ思いだねえ。キミは今の関係に満足していない、もっとガンデスブラッド陛下と仲良くなりたい、でも勇気が出せずに一歩踏み出せないいでいる。そういうことで合っているかね？」

「ううっ……」

「図星だな。ならば私が協力しようではないか」

「え……？　わっ」

シーカイが牢屋の中から何かを投げて寄越してきた。

それは――耳に嵌《は》めるタイプの通信用鉱石。

グド・シーカイは不気味なウインクをしながら言った。

「大船に乗った気持ちでいたまえ！　要所要所で適切なアドヴァイスをしてあげよう！　巷《ちまた》で愛の化身と呼ばれている私に任せておけば没問題《メイウェンティ》さ」

胡散臭《うさんくさ》いことこの上なかった。

でも藁《わら》にも縋《すが》りたい気持ちだった。

リンズはちょっと躊躇ってから通信用鉱石を装着する。

☆

「ロン。二千」

「馬鹿《ばか》な……!?」

「ロン。二本場で四千六百」

「うぐっ……、」

「それもロン。一万二千点だ」

「………………………………」

おかしい。何をやっても勝てない。いやおかしくはない。だってここは〝チュウの会〟のアジトなのだ。おかしな仕込みがされていて当然なのである――

紫禁宮の離れで開催されている麻雀大会。

ヴィルヘイズは点棒をメイファに渡しながら、充血した目で敵どもを睨みつけた。

もう何局やったかも忘れたが、こちらが和了《ホーラ》できたのはたったの一度だけ（しかも捨て身の喰《く》いタン）。それ以外はほぼ連中の養分となっていた。

「メイファ殿……何か仕込んでませんか？」

「まさか。イカサマをするのは流儀にもとるからね」

「だいたい三対一って卑怯じゃないですか？　どうやっても一位になれませんよね？」

「この二人は公平にやっているよ。あなたは分かりやすすぎるんだ。単純に実力の差が出てしまっているだけだね」

実力がないのは当たり前だった。第七部隊では血液と金を賭けた特殊な麻雀が流行《はや》っているようだが、そんなものに現《うつつ》を抜かしていられるほどヴィルヘイズは暇ではない。コマリを撫でたり愛でたりすることで忙しいのだ。

だが、ここで負けたらコマリが大変なことになってしまう。

目の前ではメイファが牌を指で弄《もてあそ》びながら不敵に微笑んでいた。

こいつ――手強い。麻雀の実力もそうだが策略家としての能力に長けている。

「ほらほら、はやく僕に勝たないと朝になってしまうぞ」

「くっ……そもそも何故こんな暴挙に出たのですか……⁉」

「リンズの夢を叶えるためさ。あの子は幸せになる資格がある」

侮《あなど》っていた。アイラン・リンズは真面目《まじめ》で人畜無害なエステル枠だと思っていたのに。

「……認識を改める必要がありそうですね。リンズ殿もメモワール殿のカテゴリーに入れておくべき危険人物でした」

「いや、さすがにそれは言い過ぎだと思うが」

「言い過ぎではありません！　コマリ様は私が守ります！　次は役満をぶちかまして〝チュウの会〟の陰謀を粉々に打ち砕いて差し上げましょうッ！」

「それロン」

「あ……あぁあ……あぁあぁあぁあぁあああああぁあっ……‼」

絶望的な気分で雀卓を見渡した。

メイファが作り上げたのはどう見ても国士無双。死が決定した。

点がどんどん失われ、ゲームはまたしてもリセットされ、いつの間にか太陽は地平線の向こうに姿を隠してしまっていた。この部屋に閉じ込められてから何分経っただろうか。そろそろリンズが凶行に及んでもおかしくはない――

「卑怯ですね。自分の土俵に相手を誘い込んで無双するなんて……！」

「こうでもしないと勝てないからね。まあいいじゃないか、あなたはいつもテラコマリのそばにいるんだ。たまにはリンズに譲ってくれても罰は当たるまい」

「譲りません！　コマリ様の隣に立つのはこの私！　ヴィルヘイズなのですっ！」

「それロン」

「ふぇ？　ああああああっ⁉」

完全に敵のペースに乗せられていた。

まずい。実力が違いすぎる。

「……随分とお強いのですね。やはりイカサマをしているとしか思えませんが」

「後宮で流行っていたからな。昔の天子が麻雀大好きで、その伝統が今でも受け継がれているんだ。よほどの豪運でもない限り、あなたが僕に勝つことはできないよ」

「知らないのですか？　私は巷《ちまた》では豪運メイドと呼ばれて恐れられているのですよ」

「まあ無理はしないことだ。長丁場になるだろうから、お手洗いとかは自由に行ってくれて構わないよ。もちろんこの部屋の内部に備えつけられたトイレだけど」

「必要ありません。漏《も》らしてでも勝ちます」

「それは困るんだが……」

それくらいの覚悟で臨まなければコマリは助けられない。

適当に言葉を交わしながら、こっそりとメイド服のポケットを漁った。

そこに入っていたのは――外部との連絡手段、通信用鉱石である。

☆

『私がスマートな解決方法を提示しよう。テラコマリ・ガンデスブラッドは一見すれば殺戮《さつりく》の覇者《はしゃ》だが、おそらくその内面は花のように可憐《かれん》な乙女《おとめ》だ』

通信用鉱石から声が聞こえてくる。

牢屋にいるグド・シーカイが遠隔で話しかけてきているのだ。

現在、リンズとコマリは紫禁宮のプライベートルームで神経衰弱をしていた。

夕飯の時間が来るまで特にやることもないのだ。

『リンズ殿下とガンデスブラッド陛下の相性を分析するとだね、おそらく『攻め』に徹するべきはキミのほうなのだよ。ガンデスブラッド陛下の心を変えるには積極的になるしかない。そしてキミの愛くるしさをもってすれば、陛下を篭絡《ろうらく》することなどイージーゲームなのだ』

「リンズ？　どうしたの？　きみの番だぞ」

「え？　わわっ、ごめん――」

ぺらぺらとトランプを捲《めく》る。ハズレだ。シーカイが話しかけてくるせいで全然当てることができない。コマリが「やったー！」と大喜びしながらAのペアを獲得。

『いいかね、会話は私に任せておきたまえ。私が言ったことを復唱するだけでいい、そうすればすべて上手くいく』

「……ほんとなの？」

『なっははは！　深謀遠慮は私の得意分野だからね！』

確かにこの男は口が達者だ。

リンズの引っ込み思案なところをカバーしてくれるかもしれない。

「――私の勝ちだ！　リンズって神経衰弱が苦手なの？」

「そ、そういうわけじゃないけど……」

「まあ私は希代の賢者だからな！　勝てなくても悔しがる必要はないぞ！」

コマリは勝てたことが嬉しいのか、子供のようにニコニコしていた。

その表情があまりにも可愛かったので頰《ほお》が緩みそうになる――

『――きみは笑顔が可愛いね、と言いたまえ』

「⁉」

いきなり何を言い出すの？　それはちょっとハードル高くない？

というか笑顔見えてないよね？　声しか聞こえてないよね？

『嗚呼！　何を愚図《ぐず》愚図しているのだねリンズ殿下！　思ったことはその場で口にしなければ二度とチャンスは巡ってこない！　キミはこのまま殻に閉じこもったままでいいのか⁉』

よくはない。よくはないけれど――

いや、毒を食らわば皿までだ。こうなったらとことんシーカイに従おう。

ドキドキする心臓を抑えつけ、顔に熱がのぼるのを自覚しながら、

「き、きみは、え、笑顔が……可愛いねっ……」

「ん？　なんて言った？」

死ぬかと思った。耳元で『もっと活舌に活《かつ》を‼』という絶叫が響く。

リンズは涙がこぼれそうになるのを堪《こら》えて口を動かした。

「コマリさんは笑顔が可愛いねっ！」

「あ、ありがとう……？　リンズの笑顔も可愛いけどね」

死んだ。純粋無垢《むく》な顔でそんなことを言われたら体力と精神力がもたない。

リンズは深呼吸をしながらテーブルの上のトランプを片付け始める。

「え、えっと、これからどうしようか？　別の遊びをする？」

「そういえば、ヴィルたちどこ行ったのかな？」

ちょっと良心の呵責《かしゃく》。

人に嘘《うそ》を吐くのはあんまり気持ちのいいものではない。

「お仕事の話だと思う。メイファが相談したいことがあるって言ってたから」

「そうなのか。あんまり詮索してもしょうがないよな」

「うん。えっと、もう一回神経衰弱でも――」

『カードゲームに興じるのはいい。だが会話を発展させなければならんぞ』

リンズは裏返しのトランプをテーブルに広げながら、じゃあどうすればいいの？　と心の中で問いかけた。シーカイはこちらの思いを完璧《かんぺき》に読み取ってくれたようで、

『今好きな人いるの？　って聞きたまえ』

こちらの心労は全然気にしてくれていなかった。

背中にじんわりと汗がにじんでくる。

でも。ここで止まるわけには。いかないから――

「――ところでコマリさん、」

コマリが「ん？」と顔をあげる。リンズは感情を押し殺して問いかける。

「今好きな人っている？」

「す」

今度はコマリの顔がたちまち赤くなった。

「好きな人⁉　ど、どういう意味だ⁉　お母さんやお父さんは好きだけど」

「そうじゃなくて……その……恋愛的な意味で？　好きな人……」

「それは」

ここで「ヴィルが好き！」とか言われたら立ち直れない気もする。いや、それはそれでいいのだ。そもそも自分はコマリを独り占めしたいわけじゃない。コマリがアイラン・リンズという少女に何らかの特別性を見出してくれればそれでいい――今はそんな気がしている。

「それは……その……正直言ってあんまりいないかな……と」

「そ、そうなの？」

「うん。よく分からないんだよ」

コマリはテーブルの上のトランプをいじいじしながら、

「でもまあ、分からないからこそ惹《ひ》かれてしまうっていうのはあるよな。リンズも知ってるかもしれないけど、私は小説を書いてるんだ。しかもジャンルは恋愛小説だ。昔からそういうのが好きで色々書いてるんだけど……全部妄想の中というか……」

噂《うわさ》には聞いている。メイファが収集した情報によると、ついに第一作目の『黄昏《たそがれ》のトライアングル』がそろそろ発売されるらしい。

「難しい話なんだけどさ、私は昔、自分の身体よりも大きなプリンを食べたいと思っていたことがあるんだ。お腹《なか》いっぱい食べられるから幸せだろうなあ、って純粋な夢だよ。で、ある時実際にお父さんが作ってくれたんだ。もう山のように超巨大なプリンね。最初はめちゃくちゃ喜んで食べ始めたんだけど、ちょっとしたらもう食べられなくなってきて。当たり前のことなんだけど、食べすぎて気持ち悪くなっちゃったんだ。今にして思えば、あれは夢のままにしておいたほうが夢があったんじゃないかって——そういうことが恋愛にも言えるんじゃないかって気がしてるんだ。いやまあ、単に特定の相手がいないってだけのことではあるんだけど。ごめん、何を言ってるのかよく分かんないよね」

意外なことを聞いた気がした。

世界を変えていく英雄には似つかわしくない言葉だ。

つまり、コマリは「特定の誰かを好きになるのがちょっと怖い」と言っているのだ。その気持ちは分かる、大いに分かる。もし特定の誰かと望んでいた関係になれなかったとしたら、それまでに積み重ねてきた夢や妄想のぶんだけダメージが大きくなる。たとえ望みが叶ったとしても、「この程度のものだったのか」と失望する可能性だって否定しきれない。

コマリの台詞《せりふ》は今のリンズを端的に示しているように思えた。

リンズが一歩踏み出せない原因は、理想を打ち砕かれることへの恐怖なのだから。

でも理想に心が惹かれ、いてもたってもいられなくなるから手に負えないのだ。

『——でも実際に経験しないと面白《おもしろ》い小説書けないよね？　と言いたまえ』

「ちょっ……!?」

何を言い出すんだこの人。

『もちろん小説は実体験がなくても書けるが、ここではそういうことにしておくのがいい。重要なのはキミが一歩踏み出すか踏み出さないかだ。巨大なプリンを食べるか、食べずに無体な理想で雁字搦めに縛りつけられるか――キミは華燭戦争で学んだはずではないのかね？』

ふと思い出した。

前に進まなければ理想に触れることさえできない。

自分がこうして天仙郷の呪《のろ》いから解き放たれることができたのは、周りの人に助けられながらも、「普通の生活がしたい」という願いを持って行動したからではないのか。

いや、そんな説教くさい話はさておき。

「――でも、そういう経験ができたら小説にも活かせるんじゃない？」

「うっ。それはそうかもしれないが」

コマリは悩んでいる。

考えろ。考えるんだ。どうにかしてアイラン・リンズを意識させる方法を――

『――私で練習してみない？　と誘えばよかろう！』

「!!――よ、よかったら……私で練習してみない……？」

「え？　え⁉」

「ほら。私たちって一応、け、結婚してるから、だから……」

「…………」

テーブルをじっと見下ろしたまま固まってしまった。もしかしたら地雷を踏んでしまったかもしれない、そんな不安が胸中を駆け巡った時、

「……そうだな。学術的な研究という意味でも悪くないかもしれない」

「が……学術？　コマリさん難しいことを考えてるんだね」

「ま、まあな。私は類稀なる頭脳を持つ希代の賢者だからな。それはともかく、何をどうすればいいんだ？　一緒に遊んでるだけじゃ友達と変わらないし……」

「コマリさんの小説の中ではどんなことをしてるの？」

「それはまあ、手をつないだりとか」

それなら頑張ればいけそうな気がする。

「あとは……キス……したりとか……」

それは頑張ったら死にそうな気がする。

『したまえ。チュウを』

黙っててください。

「じゃ、じゃあ手をつないでみよっか」

リンズは崖から飛び降りるような気持ちで右手を差し出した。

やっぱり勇気は大事だ。勇気さえあればどんな困難も乗り越えることができる――当のコ

マリはリンズの右手とリンズの顔を交互に見つめて一言、

「これじゃ握手じゃない？」

勇気が蜘蛛の子を散らしたように逃げていく。

リンズは顔から火が出る思いでガタリと立ち上がり、

「そうだよね！　今からそっちに行くね！」

椅子をコマリのほうへ運ぼうとして、

「きゃっ⁉」

盛大にコケた。自分で運んでいた椅子の脚に引っかかったのである。べちーん、と冷たい床と抱擁《ほうよう》を交わした瞬間、コマリが「うわあリンズ大丈夫⁉」と駆け寄ってきた。

「無理するな！　私たちにはまだ早かったんだ！」

「そんなことないよっ！　私はコマリさんと手をつなぎたいのっ！」

『実にトレビアン！　行け行けリンズ殿下！　その勢いで押し倒してしまえばいい！』

「今は静かにしててくださいっ！　そこの観葉植物みたいに！」

「ご、ごめん、何か気に障ること言った……⁉」

「⁉　違うの！　コマリさんは何も悪くないから……！」

リンズは泣きそうになるのを我慢しながら立ち上がると、コマリの隣にちょこんと座り、今度こそ右手をコマリのほうへと差し出した。我ながら何をやっているんだろうと後悔の念に駆られるが、ここまで来たら立ち止まれない。最後まで突き進まなければならない。

コマリは困惑していたが、ゆっくりと腕を持ち上げて――

そっとリンズの手をとった。

「っ……」

温かい。柔らかい。なんだか心がぽかぽかしてくる。

これが好きな人と手をつないだ時の感覚。

『おや？　今手をつないだのかね？　どういう感じだ？　教えてくれるとアドヴァイスをする際の参考になるのだが』

本当に黙ってて。

「なんか恥ずかしいな。あんまりこういうことしないから……」

「……小説の参考になったかな？」

「リンズの手がすべすべしてることが分かった」

「へ⁉」

「あ、えっと、その……」

コマリは何故か耳まで真《ま》っ赤《か》になっていた。こちらを意識してくれているのだろうか。しかし、これはあくまで恋愛小説の資料集めであって、純粋なる恋人同士として手をつないでいるわけじゃないのだ。

コマリがリンズをどう思っているのかは分からない。

コマリに特別視してもらいたい。

そのためには――

「コマリさんは私のことどう思ってる？」

無意識のうちに聞いてしまった。

もはや止まれない。

「私は……コマリさんは素敵な人だって思うから。もっとコマリさんと仲良くなりたいなって思ってるんだけど……」

コマリがびっくりして瞬いた。

無理もない。ほとんど愛の告白なのだから。

「コマリさんは世界中から慕われているすごい人だよ。私なんかじゃ釣り合わないかもしれないけれど、それでも私はコマリさんと一緒にいたいの。あなたがいたおかげで自分の道を見つけることができたから」

「リンズ……」

「結婚なんていう制度じゃなくて。あなたと心でつながりたい。理想を手に入れるために、前に進みたい。私はどうしたらいいのかな……？」

すぐ近くには潤んだコマリの瞳があった。

戸惑いに満ちた表情。こんなのは卑怯だと自分でも思う。

相手に「どうしたらいい？」なんて問いかけてもしょうがないって分かっているのに。

『――したまえ。チュウを』

観葉植物がしゃべり始めた。

『私は〝チュウの会〟の会員なのだ。リャン・メイファはキミたちが私の牢獄に来ることを見越し、私に通信用鉱石を授けていた。あれほど憎み合った仲だというのに、リンズ殿下のこととなれば即座に団結することができる。キミには陛下に負けず劣らず才能があるのだ――人を心酔させる不思議な才能がね。だから大丈夫さ』

シーカイの言い分にも一理ある気がしてくるから始末に負えない。

ここでキスしたら――コマリはアイラン・リンズのことを意識せざるを得なくなるのではないか。

「私は」

コマリが口を開きかけた。

その瞬間――

どこからともなく地響きのような衝撃。

☆

「な、何だ!?　爆発音が……!!」

リャン・メイファが泡を食って立ち上がった。

突然の衝撃に建物が揺れ、雀卓の牌がいくつかパタリと倒れる。

宮殿の離れで麻雀地獄に苦しんでいた少女――ヴィルヘイズはニヤリと口角を吊り上げた。

〝チュウの会〟の連中には知るよしもないが、それは紫禁宮の正門に魔法がぶっ放された音に違いなかった。

「おやまあ。テロリストでも来襲したのではないですか？　怖いですね」

「テロリストが魔核もない夭仙郷を狙《ねら》うとは思えない。ガンデスブラッド朝が気に食わない過激派の線もあるな。いや……そもそも事故の可能性もある。早急な調査が必要だ」

「ではこの部屋から出なければなりませんね」

「何故ニヤニヤしてるんだ？　状況が分かっているのか？」

「分かっていますよ。すべて分かっています」

ヴィルヘイズはポケットから通信用鉱石を取り出して言った。

「そのテロリストを呼んだのは私ですからね」

「……は？」

〝チュウの会〟の馬鹿どもが目を丸くしている。

やつらは麻雀に夢中で気づかなかったのだ。

こちらがトイレでこっそり外部と連絡を取っていたという事実に。

「ま、まさか……‼」

「これが私の国士無双。やつを野に放つのは少々勇気が必要でしたが、コマリ様を守るためならば仕方のないことです」

「ッ……！　行くぞ！　このままじゃ作戦が失敗する！」

「お待ちください。ここは〝麻雀で勝たなければ出られない部屋〟ですよ。私がトップになるまで扉は開かないのでは？」

「お前……！」

「続行です。はやくツモってくださいな」

メイファが歯軋《はぎし》りをして睨みつけてきた。

いい気味だった。不埒《ふらち》な陰謀はすべて粉々に破壊してやろう。

☆

「ぐわああ⁉」

「何だこいつ⁉　早すぎる……‼」

紫禁宮の衛兵たちが次々に薙《な》ぎ倒されていく。

夭仙には魔核がないので怪我でもしたら大変だ。しかし彼らに浴びせられる一撃にはすべて手心が加えられており、吹っ飛んで気絶させられる者はいるが、それ以上のダメージを食らっている様子はなかった。

そういう配慮がなされているのだ。

廊下を駆け抜けるのは白い影。彼女が通り過ぎると床は真っ白く氷結し、衛兵たちは足を縫いつけられたかのように身動きがとれなくなってしまった。

「貴様！　紫禁宮に何の用だ⁉」

四つん這いにされた衛兵が叫ぶ。

白い少女がちらりと視線を床に走らせて、

「私はコマリさんを助けにきたの。夭仙郷でいじめられてるって聞いたから」

「そんなわけがなかろう！　ガンデスブラッド陛下は政務をこなしておられたのだ！　今はリンズ殿下とご一緒のはずで――　いやちょっって待て」

衛兵は目を丸くしてそのテロリストを見上げた。

輝くような銀髪。凍てつく魔力。物騒《ぶっそう》なマジックステッキ。

そして――何故か服装はムルナイトで人気の『閣下Tシャツ』。

「まさか貴様は……いや、あなた様はもしかして……！」

「コマリさんの居場所を教えてください。京師を氷河期にされたくなければ」

「ひいいい！　分かった！　分かりました！」

衛兵は呆気《あっけ》なく侵入者に情報を漏らした。

侵入者の正体は――サクナ・メモワール七紅天大将軍。

ヴィルヘイズが解き放った戦士である。

☆

アイラン・リンズの性格／趣味嗜好《しこう》は、初代〝担《にな》い手〟のコピーだ。

烈核解放・【先王の導】を発現させるために、ほとんど洗脳に近い教育を受けてきた。

だが、そんな中でもリンズ自身の意志から芽生えたものがあった。

それは――テラコマリ・ガンデスブラッドを支えたいという真摯《しんし》な心。

この願いだけは大切にしなければならない。普段の自分では、つまり初代〝担い手〟では絶対にやらないことをやってでも実現しなければならない。

だから、メイファァやシーカイがくれたチャンスを逃したくない。

それなのに。嗚呼それなのに――

「――宮殿が騒がしくないか？　何かのイベント？」

コマリがリンズから目を離してきょろきょろする。

何が起きたのかは分からない。けれど気にしている場合ではなかった。

「大丈夫だよ、たぶん衛兵たちが訓練してるのかも」

「こんな時間に？　まあリンズがそう言うならそうなんだろうけどさ」

「うん。それよりも――」

リンズは一歩コマリに近づいた。

肩と肩が触れ合い、心地よい熱が伝わってくる。

「り、リンズ⁉　どうしたんだ⁉　寒いの……⁉」

「こ、これはその、メイファに言われて……じゃなくてっ」

誰かの指示ではない。自分の意志なのだ。

「私はコマリさんと一緒にいたいの。特別に思ってもらいたい。ヴィルヘイズさんやサクナさんみたいに……それ以上に……だから……」

耳元の通信用鉱石が叫び声を発した。

しかしリンズには聞こえていない。すでに脳味噌《のうみそ》がピンク色に染まっている。動揺したコマリの瞳に映っているのは、これまた沸騰《ふっとう》しそうなほどに動揺している自分の顔。相手に拒否する様子はない、ならばこのまま突き進んでしまうのもアリなのだろうか――

『――リンズ殿下‼　敵の足音に気づいていないのかね⁉』

叫び声が意味のある言葉となって頭に響く。

ハッと顔をあげた瞬間のことだった。

どがぁああん!!――いきなり部屋の扉が爆発した。

「コマリさん!! 無事ですか!?」

白銀の少女――サクナ・メモワールが転がり込んできた。

全身から白い魔力が拡散し、部屋の温度が一気に低下していく。

彼女の瞳には殺意が宿っている。リンズが思わず「ひっ」と身体を震わせてしまうくらいの迫力だった。

「サクナ!? なんでお前がここにいるんだ……!?」

「ヴィルヘイズさんから連絡を受けたんです。コマリさんが変態に襲われてるって――」

サクナの目玉がぎょろりとこちらを見据えた。

リンズはイタズラがバレた子供のような気分で縮こまってしまった。

そうだ。これは悪いことだったのだ。

今の状況――それはリンズがコマリにぴったりと寄り添い、胸元《むなもと》に手を添え、唇と唇を重ね合わせようと体重を傾けている感じの、何をどうやっても言い逃れができない状況。

サクナの冷気に当てられて頭が冷えた。

自分はとんでもないことをしようとしていたのでは?

閣下

「――あなたが変態さんですね」

怖すぎて身体が動かなくなってしまった。

凍てつく殺意がまとわりついてくる。

「残念です。常世でお話しした時には人畜無害な方だと思ったんですけど」

「私は……コマリさんを傷つけようとしてるわけじゃなくてっ……！」

「それはコマリさんが決めることですッ」

サクナがマジックステッキを構えて突撃してきた。

リンズも一応将軍をやっていたため、彼女の動きに目がついていかない――なんてことは全然なかったが、その圧倒的な気迫にやられて一歩も動くことができなかった。

ああ。ここで死ぬのかな。

そんなふうに絶望しかけた時。

「――よく見ろ！　この子はリンズだ！　変態なんかじゃないっ！」

「ふぇ!?!?」

コマリがサクナのお腹《なか》に抱き着いて進撃を止めていた。

何故かサクナは顔を真っ赤にしてうろたえている。

「誰から何を聞かされたのか知らないけど、私は全然大丈夫だ！　目を覚ましてくれ！」

「こ、こま、こまこま、コマリさんっ！　いきなりくっつかれると困るといいますか心の準備ができていないといいますか」

「そんなのどうでもいいだろ――って何だよこの服⁉　これを着て天仙郷まで来たの⁉」

「え？　あの、その、急に呼び出されたのでこれしか着るものがなくて！　私服にしてるとかじゃ全然ないので安心してくださいっ！」

「だ、だからって『閣下Tシャツ』はやめろよ⁉　着替えなら宮殿にいくらでもあるから脱いでくれ！」

「脱ぐんですか⁉　それは恥ずかしいですっ」

「私も恥ずかしいのっ！　ほら着替えさせてやるから！」

「あ、あっ、ああっ、コマリさんちょっと――」

リンズは啞然《あぜん》として二人のやりとりを眺めていた。

すでにサクナからは殺気が消え失せていた。コマリに服を引っ張られて顔を真っ赤にしている。一見すれば恥じらっているようにも見えるが――リンズには分かってしまった。あの少女は抱き着かれたり服を脱がされたりして喜んでいるに違いないのだ。

圧倒的な格の違いを見せつけられてしまった。

コマリといちゃつく他の女の子に突然襲いかかるなんてリンズにはできない。

コマリとあんなに仲良さそうに絡《から》み合《あ》うなんてリンズにはできない。

あんな服を着て外を出歩くなんてリンズにはできない。

『――ふむ。これは少々分《ぶ》が悪いかもしれないねえ』

シーカイが困ったように呟《つぶや》いた。

『サクナ・メモワール閣下は実にアグレッシヴだ。一見すればキミと似た系統に思えるが、キミにはないものをたくさん持っている。ここから聞いているだけでも分かるよ、彼女がいかに常軌《じょうき》を逸した存在であるかがね』

「私はどうしたらいいのかな……」

『今日はそういうムードではない。出直したまえ』

サクナとコマリは仲睦まじそうに大騒ぎをしていた。

いや、サクナだけじゃない。おそらくこの状況を作り上げた張本人、ヴィルヘイズだってリンズでは及びもつかないほどコマリと仲がいい。やっぱりコマリはちょっと変わっている子が好きなのかもしれない。

リンズは拳をぎゅっと握って俯《うつむ》く。

目の前で繰り広げられている攻防を見ているのはつらかった。

ぽろりと正直な感情が漏れてしまった。

「私は……私はっ……あんな変態さんにはなれないよぉっ……」

☆

それから三日ほど時間が流れた。

天仙郷の魔核に関する問題は解決しつつある。

他の国の協力を仰《あお》ぐことで、神仙種たちを別の魔核に登録する政策が始まったのだ。ムルナイト帝国、白極連邦、ラペリコ王国、アルカ共和国、天照楽土——すべての国がこの話に乗ってくれたが、もっとも人気があるのはムルナイトの魔核である。それは当然と言えよう、天仙郷のトップたる天子が吸血鬼なのだから。

天仙たちは天仙郷内部において魔核の恩恵を受けることができないため、最近では核領域や登録した魔核が存在する国へと移住する動きが活発化しているらしい。六国は取り返しがつかないほど変化していく——リンズがぼんやりと考えていた不安が実現しつつあった。

だが心配する必要はないのだろう。

六国にはテラコマリ・ガンデスブラッドがいる。

そして優しい心を持った次期リーダー、六戦姫《ろくせんき》もいるのだ。

世界はよりよい方向へと変化していくに違いない。


「——で、何故あんな事件を起こしたのでしょうか」

天仙郷京師。

その片隅に建っている小さな一軒家である。

入り口のところに掲げられているのは〝光彩花《こうさいか》〟の看板。来月くらいにオープンを予定しているリンズの園芸店だ。ちなみに常世での騒動が終わって以降、リンズはこの建物で寝泊まりをしている。今更紫禁宮に戻るのはなんだか気が進まなかったからだ。

そして現在、その一階部分には四人の人間が集まっていた。

リンズ、コマリ、ヴィルヘイズ、メイファ。

先日宮殿で起きた事件の関係者である。

「——あの時も言っただろ。リンズとテラコマリの関係を進展させようと思ったからだよ。あまりにもじれったくて見ていられなかったんだ」

メイファが口を尖《とが》らせる。

ヴィルヘイズは目を尖らせて言った。

「進展させる必要はありませんよ。コマリ様には私がいれば十分なのですから」

「リンズはテラコマリの配偶者なんだぞ？　進展してほしいと考えるのは当然じゃないか」

「進展していないのに配偶者なのはおかしいですよね？　ここに離婚届を用意しましたのでハンコを押してください」

「押さないね。リンズは幸せになるべきなんだ」

「そのためなら何をやってもいいと？　被害を受けた私の身にもなってほしいものですね。あなたが強要したせいで麻雀の楽しさに目覚めてしまったではないですか。昨日は第七部隊との賭け麻雀で五千メル負けました。どうしてくれるんですかメイファ殿」

「いや知らんが」

「メイファ。もういいのっ」

リンズは慌《あわ》てて声をあげた。

これ以上自分の気持ちについてあれこれ言われるのは耐えられなかったのだ。

「悪いのは私なんです。私がコマリさんと仲良くなりたいって思ったのがいけないんです。後で五千メルはお支払いいたしますね」

「おいリンズ。きみが謝る必要なんて――」

「ありがとうございます。これからも負けた時はお願いしますね」

「調子に乗るな吸血鬼メイド！　リンズも何しょげてんのさ！」

メイファとヴィルヘイズが再び口論を始めてしまった。

リンズはどんよりした気分で俯いた。コマリやヴィルヘイズには本当に悪いことをした。あんな作戦で解決するなら苦労はしないのだ。たとえキスを成功させたとしても、そんなのは愛じゃない。リンズの求めているものではない。

「――はあ。リンズ殿は結局何がしたかったのですか。今回の件はあなたらしいとは言えませんね。今までずっと本性を隠していたというなら話は別ですけれど」

「それは」

リンズは少し迷ってから言った。

「家族がほしかった……のかもしれません」

そうだ。それがしっくりくる。

兄弟姉妹はいないし、父親も娘に対して関心を払わなかった。

リンズは家族の温《ぬく》もりというものをあんまり知らない。

だから憧《あこが》れているのだ――コマリとそういう関係になることに。

「誰でもいいってわけじゃないです。コマリさんだからいいんです。私の夢を応援してくれたコマリさんだからこそ――」

「よく分からないけど、」

それまで黙っていたコマリが頰を掻《か》きながら口を開いた。

「家族になるってどういうことなんだ？　手をつないだりすればなれるもんなの？」

「なれないと思います……」

「だよなあ。私にも全然分からないよ。べつに血のつながりだけが家族の条件ってわけじゃないだろうし。リンズとは一応結婚してることになってるらしいけど、だからといって家族かって言われると微妙なところもあるし……」

「うっ」

「あ、ごめん！　べつに悪い意味じゃなくてだな」

「コマリ様と私は家族ですよね。将来を誓い合った伴侶《はんりょ》なのですから」

「誓い合った覚えはない。でもまあ、信頼とかが重要なのかもな」

　コマリは難しそうな顔で腕を組み、

「損得勘定なしに信頼できるのが家族なのかも。私もお父さんやお母さん、兄弟たちのことは信頼してるから。でも正式な家族以外だとリンズがいちばん信頼できると思ってる」

「え？」

「どういうことですかコマリ様ッ⁉　私というものがありながら他の女の子に甘い言葉を吐くなんて……！　コマリ様の胸の内を解明するために胸を揉《も》みますがいいですね？」

「よくねえよあっち行け‼　リンズを見ろ、お前の変態行為にドン引きしてるじゃないか！」

　ドン引きしているわけではない。

「ああいうふうには振る舞えないな」――と敗北感を味わっているのだ。

　コマリはメイドを手で押さえながらこちらに視線を向け、

「リンズはこいつみたいに変なことしないだろ？　真面目で直向《ひたむ》きで頑張り屋さんだし、身長が私と同じくらいだから目線がちょうど合うんだ。一緒にいて居心地がいいし、私の中では特別な人だと思ってる……リンズもそう思ってくれていたら嬉しいんだけど」

「え、えと、私と一緒にいて楽しい？」

「もちろん。癒《いや》されるからな。沈黙も苦痛じゃないし」

そうだったの？　気まずいと思っていたのは私だけだったの？——リンズは愕然《がくぜん》とした気分でコマリを見つめた。

そうして気づいてしまった。

自分は空回りをしていたのだ。

ヴィルヘイズやサクナのような変態にはなれないけれど、コマリは「居心地がいい」と言ってくれた。無理に背伸びをする必要はない、自分は自分のやり方でコマリと仲を深めればいい——ようやくそのことが分かってしまった。

「——コマリさん。もっとコマリさんと一緒にいてもいい？」

「むしろこっちからお願いしたいくらいだよ。リンズと一緒にいると楽しいからな。それにきみは世にも珍しい清楚《せいそ》な子だし……これからも仲良くしてくれると嬉しい」

「コマリ様。私も清楚です」

「うん。友達としてーーお嫁さんとしてコマリさんを支えられるように頑張る」

「そ、そうだな。リンズは天仙郷における私の結婚相手だからな」

「コマリ様。私も結婚相手です」

「お前は静かにしてろ!!」

コマリとヴィルヘイズがじゃれ合いを始める。

やっぱりああいう関係になるのは難しいかもしれない。

けれど、リンズの心は不思議と晴れやかだった。

久しく動かしていなかった将軍としての頭脳が動き始める。

この様子だと、コマリはまだ誰とも特別な関係になってはいない。ヴィルヘイズやサクナのような積極性のある子でもコマリと家族になることはできていないのだ。であるならば、リンズにだってまだチャンスはあるに違いなかった。

段階を踏むことがいちばん大切だ。

単純接触効果は意外と馬鹿にできないから。

自分から行動する人には必ずいいことがある――昔メイファがそんなことを教えてくれたことを思い出す。これからは「私なんて」と考えるのはやめにして、なるべくコマリと一緒にいられるよう頑張ればいい。急《あせ》がず焦らず、ゆっくりと信頼関係を築いていけばいい。

「ムルナイト帝国に引っ越そうかな」

「「「え？」」」

リンズは壁際《かべぎわ》のほうへと歩いていく。

そこには商品サンプルの花束《はなたば》がたくさん置いてあった。

色とりどりの花たちをじっと見つめ、「これだ」と思ったものを選ぶ。

「このお店――〝光彩花〟は京師でやる予定だったけど、帝都に店舗を構えるのもいいかなって。私の血が登録されているのはムルナイト帝国の魔核だし、それに……コマリさんと一緒にいられる時間が増えそうだから」

「……動機が不純ですね。引っ越しに関してはあなたの自由なので止めませんが、コマリ様のことは私が徹底的にガードするのであなたの思い通りにはなりませんよ」

「ふふ。それでもいいです。――コマリさん、これをどうぞ」

リンズは花束をコマリへと差し出した。

きょとんとした瞳がこちらに向けられる。

「くれるの？　きれいだね」

「迷惑かけちゃったお詫び。この大きな紫色の花は〝アイランシャン〟って言ってね、夭仙郷ではこれを大切な人に贈るっていう風習があるの」

ヴィルヘイズが「大切な人⁉」と睨んできた。

ちょっと怯《ひる》みそうになったが、ここで負けてはいけない。

「私はコマリさんと家族になりたい。これからもなるべく一緒にいたい。もし迷惑だったら控えるけど……」

「迷惑なんてことはないよ。私もリンズと仲良くなりたいからな」

「コマリ様。浮気《うわき》をするようなら今日からコマリ様の服の中に顔を突っ込みながら生活することにしたいと思いますが」

「浮気って何だよ⁉　リンズは私にとって大切な人なんだからな⁉」

「「た、大切な人……」」

リンズは思わず顔に熱がのぼるのを自覚した。同時にヴィルヘイズが顔を青くしていた。

大切な人——コマリがそう思ってくれているのならそれで満足だった。

リンズはにこりと微笑み、さりげなくコマリの隣に腰を下ろす。

「私にとってもコマリさんは大切な人。ムルナイトに引っ越したらよろしくね」

「あ、本当に引っ越すの？」

「そのつもりだよ。ヴィルヘイズさんもよろしくお願いします」

「なっ……いま私のことを嘲笑《ちょうしょう》しましたね⁉　一年以上一緒にいるのにコマリ様を落とせていない私のことを心の中で嘲笑《あざわら》いましたね⁉」

「え？　あの、別にそんなこと思ってないんですけど……」

「いいえ思いました！　コマリ様は私のモノと決まっているのですっ！　コマリ様、絆《ほだ》されてはいけませんよ！　このアイラン・リンズという少女はメモワール殿と同レベルの危険人物に昇格しました！　コマリ様をお守りするために今日は一日中くっついて過ごしましょう」

「おわあああ⁉　だから密着してくんな！　だいたいサクナと同じなら安全だろ！　や、こら、花が散ったらどうするんだ！」

メイファが「やれやれ」といった様子で肩を竦《すく》めた。

リンズにはヴィルヘイズのように振る舞うことはできなかった。でもそれでいいのだ。コマリはちょっと過激な人たちに囲まれているみたいだから、疲れた時に癒してあげられるような存在になれたらいいなと思っている。

リンズはコマリが抱えている花束に目をやった。

大昔の華燭戦争で花嫁に贈られた花、アイランシャン。

その花言葉は――〝略奪愛〟。

ヴィルヘイズやサクナは強敵だけれど、尻込《しりご》みしていたら欲しいものは手に入らない。

それは先日行われた華燭戦争で十分に思い知ったことだった。

「――助けてくれリンズ！　ヴィルが変態なんだ！」

「だ、大丈夫？　よしよし」

「ううう……やっぱりリンズには常識があっていいなぁ……！」

「困ったことがあったらいつでも頼ってね。私はコマリさんの味方だから」

「リンズ殿、正妻でもないのに正妻の余裕を出すのはやめてください。あなたは天仙郷のけったいな法律の上でコマリ様と結婚しているだけであって実際は妻でも何でもないんですからね」

「分かっています。これからコマリさんと仲良くなっていこうかなって……」

「うっ……」

ヴィルヘイズが何故か光に浄化される悪魔のような顔をしていた。よく分からないけれど、コマリさんと一緒にいられるように頑張ろう――そんなふうに心の奥底で決意する。
こうして天仙郷の問題には一通り片がついた。
だが、アイラン・リンズの百花繚乱はここから始まるのだ。

ひ

3 クレメンス504世の物見遊山《ものみゆさん》

常世《とこよ》は一定の秩序を取り戻している。

神聖レハイシア帝国が発した「停戦の大号令」により、世界各地で発生していた戦闘が一時的に停止したのだ。現在は神聖教の仲介により様々な条約が結ばれている最中であり、スピカやテラコマリが望んだ平和が実現されつつあった。

そして、その功労者として崇《あが》められているのは――

神聖教教皇にして白銀の幼女・クレメンス504世に他ならない。

「よくぞ集まってくれたのじゃ！　今日は余が考えた素晴らしい政策を発表したいと思う！」

神聖レハイシア帝国の大聖堂・『燭台の間《しょくだいのま》』。

クレメンス504世はミーティングの参加者たちを見渡して叫んだ。

今日のメンバーはいつもの三人だった。

ソファで面倒くさそうに新聞を読んでいるアマツ・カクメイ。

机に突っ伏してぐーすか鼾《いびき》を立てているロネ・コルネリウス。

資料を広げてせかせかと仕事をしているトリフォン・クロス。

いずれも逆さ月という組織に所属していた元・テロリストで、クレメソス504世が私淑《ししゅく》している スピカ・ラ・ジェミニの部下である。彼らは教皇のサポート役として大聖堂に起居《ききょ》し、常世の問題を解決するために奔走《ほんそう》してくれているのだ。

が、あまりにも有能すぎるのでこちらの出る幕がなくなってしまっている。

そろそろ威厳を見せておかないとなのじゃ、とクレメソス504世は焦《あせ》っていた。

「神聖レハイシア帝国には娯楽が不足しておる。娯楽があってこそ人々はお仕事を頑張ることができるのじゃ。そこで余は色々な遊興施設を作りたいと考えておる。まずは子供たちのために動物園と遊園地を――」

「却下ですね」

蒼玉《そうぎょく》の男がばっさり切り捨てた。

トリフォン・クロスである。

「費用対効果が極めて低い。そんなことは民間に任せておけばいいのです。我々はもっと実用的な分野に投資するべきでしょう」

「そ、それもそうじゃな。ではお菓子工場とかどうじゃ？　余はカルラの羊羹《ようかん》を食べて思ったのじゃ、美味《おい》しいお菓子があれば人々の心も平和になっていくんじゃないかなって」

「却下」

「な、ならばスポーツ施設を造ろう！　市民の健康状態を改善することは重要じゃ！　ボーリングとかテニスとかで遊べるような場所がいいと思うんだけど」

「却下」

「……うぅ」

取りつく島もない。

トリフォンは資料をぺらぺら捲《めく》りながら「却下」を繰り返している。

ちょっと泣きそうになってしまった。

神聖レハイシア帝国には〝教皇諮問《しもん》機関〟という枠組みが存在する。

教皇が出した意見を実際に実行するかどうかを議論する組織のことだ。

法律で定められた定員は三名――現状ではトリフォン、コルネリウス、アマツが任に就いている。彼らの多数決によって教皇の政策が実施されるかどうか決まるのだが、トリフォンとコルネリウスはことあるごとにクレメソス504世を否定する。いや、正確にはコルネリウスは議決権をトリフォンに移譲しているので、トリフォンの一存ですべて否定されてしまう。

ずっとこんな調子なのだ。

逆さ月の連中はクレメソス504世の知らないところで様々な仕事を勝手に進めており、クレメソス504世の知らないうちに世界はどんどんまとまっていく。

これでは傀儡《かいらい》も同然である。

でも逆らうのは怖い。下手に文句を言ったら晩ご飯のおかずにして食べられてしまいそうだった。でもでも現状に甘んじるのも教皇としてのプライドが許さない。神様に選ばれたのは逆さ月ではなく〝ミーシャ・モンドリウツカヤ〟なのだから、やつらに実権を握られたままでは申し訳が立たない。

「と、トリフォンっ！　余は、余はな、世界を平和にしたいと思っているのじゃ」

トリフォンが「は？」みたいな目で睨《にら》んできた。

涙がこぼれそうになったが、お腹《なか》に力を入れて我慢する。

「もちろんそなたらとも協力したい！　余もたくさんアイデアを出す！　的外れなのもあるかもしれないけど……でもちゃんと議論をしてほしいのじゃ！　頭ごなしに却下されると余も傷つく！　もっと言葉を交わすことによって――」

「却下」

「う……ひっぐ……ぅあうあ……うあぁぁあああっ」

耐えられなかった。

ミーシャ・モンドリウツカヤ十歳。

大人気ない大人にイジめられたら泣いてしまうのも無理はない。

それまで爆睡していたコルネリウスが「うるさいなー」と半身を起こした。

「……あ？　クレちゃん泣いてる？　まーた何かしたのかよトリフォン」

「私は関係ありませんよ。教皇猊下《げいか》が勝手に泣き始めただけです」

「どう見てもお前のせいだろうが。おーよしよし何があったんだー？　五月蠅《うるさ》いから早く泣き止《や》んでくれるとお姉さんとしては助かるんだがー？」

「うぐっ、ひっぐ、とり、トリフォンが、余の、余のアイデアを却下するのじゃっ……！　お菓子工場も遊園地もいらないって……！」

「そりゃ確かにいらんわな」

「うわああああああああああああ!!」

「ごめんごめん！　いる！　いるよな！　遊園地は大事だよな！」

コルネリウスが取って付けたようなフォローをしてくれた。

その微妙な優しさがクレメソス504世にはつらかった。

骨の髄まで子供扱いされているのだ。この人たちが教皇猊下に期待していることはただ一つ、客寄せパンダとしての役割だけ。それがどうしようもなく悔しい。

「おいトリフォン！　少しはクレちゃんの言うことを聞いてやれよ！　でも遊園地はさすがに金がかかるから、間をとって人体実験場とかを作ろう！　常世に関する研究が飛躍的に進歩するし、一般公開すれば資金を集めることもできる！　一石二鳥だ」

「うわああああああああ!!」

「それは一考に値しますね。教皇猊下の取るに足らないアイデアよりも百倍実用的です」

「うわああああああああああああああああ!!」

こいつら全然話を聞いてくれない。

結局、自分には神様から託された使命を遂行することはできないらしい――

「――教皇猊下。少し出かけるか」

「うわああぁあぁあ――うぇ、ふぇ?」

人体実験場で盛り上がるトリフォンとコルネリウスの向こう。

アマツ・カクメイが新聞を折り畳みながらこっちを見つめている。

「ここにいても息が詰まる。たまには外の空気を吸うのがいいだろう」

「でも……」

この人も怖いのだ。二人で出かけるなんて冗談じゃない。

しかしアマツはクレメソス504世にとって予想外の提案をぶつけてくるのだった。

「せっかく現世とつながったんだ。一般人の通行は禁止されているが、正式な手順を踏めば問題はあるまい――カルラやテラコマリと会ってみたくはないか?」

「のじゃ……!」

涙が引っ込んでしまった。

そういうことなら――そういうことであるならば。

ちょっと外に出てみるのも吝《やぶさ》かではない。

☆

常世での戦いから一カ月ほど経過した。

核領域の温泉街フレジールの上空にぽっかりと空いた穴は健在である。

ヴィル曰《いわ》く、あの穴には〝大扉〟という何の捻《ひね》りもない名前がつけられたらしい。

現在は六国《りっこく》政府が共同で管理しており、向こう側の国々——主に神聖レハイシア帝国と協議しながら色々な調査が進められているという。

エステルが言うには「観光客が増えて紅雪庵《こうせつあん》は大忙し」なんだとか。最近は彼女の妹であるモニクも働いているそうだが、それでも人手が足りず、エステルも土日になると実家に帰って手伝いをしている。休日の労働も苦にしないなんて、さすがはエステルだ。

まあそれはともかく。

常世関連で今の私にできることはない。

あっちで仲良くなった人たち（コレットやクレちゃん）とも会いたいと思うのだが、大扉は特別な許可がないと通れないため現状ではどうにもならない。

だから今はゆっくり休めばいい。

私には仕事の他にやることがあるからな。

天舞祭《てんぶさい》でカルラが優勝した時からずーっと作業していたアレがついに実を結ぼうとしているのだ。ようするに、私が書いた小説、『黄昏《たそがれ》のトライアングル』が夏に刊行されるのである。

本当に色々なことがあった。

帝都が壊滅したり、スランプに陥《おちい》って温泉街に行ったり、隕石《いんせき》が落ちてきたり、謎《なぞ》の異世界に飛ばされたり——そんな幾多の危難をギリギリのところで乗り越えながら執筆を続け、ようやく、ようやく刊行までこぎつけることに成功。

常世のことも大事だが、今は引きこもって最後の仕上げに没頭するとしよう——そう思っていたのだが。

「——ようこそこちら側へ！　思う存分楽しんでいってね！」

「う、うむ！　ありがとうなのじゃ！」

フレジール温泉街。

上空の大扉からゆっくりと降下してきたのは、祭服に身を包んだご一行——教皇クレメソス504世の使節団である。出迎えのネリアは満面の笑みを浮かべて彼らに近づくと、躊躇《ちゅうちょ》なくクレちゃんの手を握ってぶんぶん上下に振り回した。

「常世では話す機会がなかったわね！　私はネリア・カニンガム！　アルカ共和国の大統領をやっている翦劉《せんりゅう》よ！」

「余はクレメソス504世じゃ。神聖教の教皇をやっていて——」

「聞いたわよ、十歳なんだって？　小さいのに頑張ってて偉いわねえ！」

「むぎゅっ⁉　こ、こら、髪を触るな！　抱き着くな！　子供扱いするな～っ！」

「可愛《かわい》いわね～！　クレちゃんさえよければ私の妹にならない？　こっち側の色々なところに連れていってあげるわよ！」

私はネリアとクレちゃんの絡《から》みを無表情で見つめていた。

妹？　何で妹なの？　あいつ年下なら誰《だれ》でもいいの？

「コマリ様。姉がほしいなら私が甘やかして差し上げますよ」

「い、いらないよ！　それにしてもクレちゃんがこっちに来るなんてビックリだな。大扉は今はまだ使っちゃいけないっていうルールじゃなかったっけ」

「安全性が確認されつつありますからね。徐々に各国の要人を往来させる方向で調整が進んでいるそうです。その嚆矢《こうし》となったのが教皇猊下なのでしょう。ちなみに今回の来訪を企画したのは神聖レハイシア帝国のアマツ・カクメイ殿だそうなのですが――」

「はい。お兄様からお手紙をいただきました」

しゃん、と鈴の音が鳴った。

和服に身を包んだ少女――アマツ・カルラが私の隣に立っている。

「クレちゃんさんの社会科見学に付き合ってほしいとのことで。天照楽土《てんしょうらくど》ばかりが出しゃばると面倒なことになりそうだったので、ネリアさんやコマリさんもお呼びしてしまいました。お忙しいところ本当に申し訳ございません」

「それは全然大丈夫だよ。でもアマツは来てないの？　あ、カルラのお兄さんのことね」

カルラは「はあ」と溜息《ためいき》を吐《つ》き、

「お兄様はお越しになっていませんね。なんでも別のお仕事があるとかで……あれ以来ずっと神聖レハイシア帝国に行ったきりなんですよ？　ちょっとくらい戻ってきてくれてもいいと思いませんか？」

「カルラはお兄さんのことが大好きだもんなあ」

「そ、そそ、そういうことをはっきり言わないでくださいっ！　好きとか嫌いとかはさておいて、家族として安否が気になるのは当然のことなんですからねっ！」

「覺明《かくめい》おじ様はキルティと仲良くやってるっていう噂《うわさ》があるよ」

「どういうことですかこはる⁉︎⁉︎」

ちなみに逆さ月の連中はクレちゃんのブレインとして常世で働いているらしい。

スピカの言いつけを律儀に守り、常世の戦乱を鎮めるために暗躍しているのだ。

しかし不安は拭《ぬぐ》えない。アマツはともかくトリフォンやコルネリウスに任せておいて大丈夫なのだろうか。クレちゃんが怖い思いをしていなければいいのだが――

「カルラ！　テラコマリ！　こんにちはなのじゃっ！」

ネリアの拘束から脱したクレちゃんが近づいてきた。

久しぶりの教皇様は相変わらずちんまりしていて可愛かった。

「こんにちはクレちゃん。お腹の怪我《けが》はもう大丈夫なのか？」

「もちろん！　余は蒼玉だから頑丈なのじゃ！　テラコマリやカルラこそ元気だったか？」

「私はいつも通りだよ。カルラも元気だよな」

「え？　は、はい。きちんとお昼寝していますので――」

カルラはハッとしてクレちゃんに向き直り、

「ところでクレちゃんさん。再会そうそう変なことをお尋ねしますが、覺明お兄様がキルティさんといい感じになっているというのは本当でしょうか？」

「むむ？　きるてぃ……？　そういえば、よく大聖堂に来る黒い女の人がそんな感じの名前だったような……？　アマツとこっそり話しているのを見かけるぞ。あれが〝カノジョ〟というやつなのかもしれないな！」

ぶっ倒れかけたカルラがこはるに支えられていた。

アマツとキルティってそういう関係だったの？　数々の恋愛物語を紡《つむ》いできた希代の賢者からしてみれば全然そんな感じには見えなかったんだけどな。カルラのためにも調査をしておく必要があるかもしれない。

「さあてクレちゃん！　これからどこ行く？　美味しいものでも食べる？　それともコマリにメイド服を着せて一緒に遊ぶ？」

ネリアが無遠慮にクレちゃんの肩を揉《も》み始めた。

私にメイド服を着せて何が楽しいのか理解できない。

クレちゃんは「むむむ」と真剣な表情で悩んでから、

「……実は、三人に教えてほしいことがあるのじゃ」

「教えてほしいこと？」

カルラもネリアも首を傾げていた。

何だろう？　オムライスの美味しいお店なら教えられるけど――しかしクレちゃんが大《おお》真面目《まじめ》で要求してきたのは、おそらくこの場にいる誰もが予想していない内容だった。

「大国を束《たば》ねているそなたらにお願いしたい！」

クレちゃんはぐいっと私たちに近づいて、

「教えてほしいのじゃ！　生意気な部下を屈服させる方法を！」

「「「…………」」」

思わず顔を見合わせた。

そんなのむしろ私が知りたいくらいなんだが。

☆

クレちゃんは神聖レハイシア帝国のトップである。

そして神聖レハイシア帝国は常世における四十二の国と地域のまとめ役である。

つまりクレメソス504世こそが一つの世界を束ねるトップ・オブ・トップ、平和の象徴にして神の代弁者、神聖不可侵の絶対的幼女なのである。

しかし、彼女にとって面白《おもしろ》くないのは逆さ月の存在だった。

彼らが常世の安定に一役買っていることは言うまでもないが、トップたるクレちゃんの言うことを全然聞いてくれないらしい。どんな意見も即座に却下されるし、こないだ「何も知らない子供は積み木で遊んでいればいいのですよ」みたいな罵倒も浴びせられたらしい。

だからクレちゃんは逆さ月に一泡吹かせてやりたいのだ。

ネリアやカルラ、私から「上に立つ者としての在り方」を学ぶことによって。


「――ようこそお越しくださいました。ここが天照楽土の中枢《ちゅうすう》・桜翠宮《おうすいきゅう》です」

天照楽土の東都《とうと》――通称〝花の京〟の中心部にその城はあった。

天舞祭の時に来たことがあるが、相変わらずの威容である。

質実剛健な雰囲気の木造建築がいくつも建ち並び、ひらひらと舞い散るピンク色の花弁が幻想的な光景を作り上げていた。桜翠宮にたたずむ樹齢八百年の桜である。その根元には天宅《てんたく》神宮《じんぐう》という神社が併設されていて、縁結びだか何だかの神様が祭られているという話だ。これらすべての施設をひっくるめて桜翠宮と呼ばれている。

「ほわ〜っ！　すごいのじゃ！　異世界に来たみたい……！」

「ふふ。クレちゃんさんにとっては本当に異世界ですよ。あんまり面白いものはないかもしれませんが、気のゆくまで見学していってください」

「のじゃ〜！」

クレちゃんは目を輝かせて走り出した。可愛い。

ネリアが「ねえカルラ」とからかうような視線を向けた。

「あんたを手本にしちゃって大丈夫なの？　どーせ仕事中も昼寝してるんでしょ？」

「し、してませんっ！　私はいつも勤勉に大神《おおみかみ》の職務を遂行していますのでっ」

「はいこれ、カルラ様が会議の最中に居眠りしている様子を撮影した写真」

「ちょっとこはる⁉　間違ってクレちゃんさんに見られちゃったらどうするんですか⁉　教育に悪いですっ」

「教育に悪いことしなければいいんじゃないの……？」

「完璧《かんぺき》超人でもない限り気が緩むのは当然ですよ」

「でもあんた、宇宙最強の大将軍じゃなかったっけ？」

「そんなの嘘《うそ》に決まってます！」

あ、認めた。

カルラはずいっと顔を寄せてきて、

「いいですか二人とも。私たちは〝よき先輩〟としてクレちゃんさんのお手本になる必要があるのです。たとえ君主として恥ずかしい行為をしていたとしても、絶対に隠し通さなければならないのです」

「別に恥ずかしいことなんてしてないんだけど？」

「私はそもそもただの将軍だし。まあ何故《なぜ》か夭仙郷《ようせんきょう》の天子《てんし》でもあるけど……」

「とにかく気をつけましょうね！　こはるも私の痴態を不用意にさらさないこと！」

「りょーかい」

「まあそうだな。ヴィルも私について変なこと言わないでくれよ」

「もちろんです。コマリ様の恥ずかしい姿は二人だけの秘密ですからね」

「その言い方はきもいからやめろ」

いずれにせよクレちゃんには私のカッコいいところを見せたいな。

それが部下を屈服させる方法の参考になるかは分からないけれど。

クレちゃんが「カルラ～！」と笑顔で駆け寄ってきた。

「余は宮殿の中も見てみたい！　あとそなたが働いているところもな！」

「分かりました。クレちゃんさんの参考になれば幸いです」

カルラがにっこり笑って先導してくれる。

私たちも見学させてもらうとしようではないか。

お茶菓子もらえるかもしれないし。

桜翠宮の長～い廊下をみんなで歩く。

私たちとすれ違うたびに女官たちが足を止めて深々とお辞儀をする。カルラはそんな彼女たちに向かって手をふりながら、「おはようございます」とか「調子はいかがですか」とフランクに声をかけるのだった。

「すごいのじゃ！　これこそ余が望んでいた〝えらい人〟の姿なのじゃ……！」

「大神の仕事は国のトップとして皆をまとめることです。宮殿で働いてくれている人たちと良好な関係を築くことは大事ですから、こうして気軽に声をかけたり、休憩時間にお菓子を差し入れたりしていますね」

「カルラも大変なのじゃな」

「はい。日頃《ひごろ》から仲良くしておけばちょっとくらいサボっても――」

「さぼ……⁉」

「間違えました。ちょっとくらいミスしても大目に見てもらえることが多いです」

もしもの時のために部下を懐柔《かいじゅう》しておくのは大切だからな。

私も日頃からクッキーを配っていなかったら今頃《いまごろ》挽肉にされていたかもしれない。

「そっかぁ。余も逆さ月のやつらと仲良くなれればよいのじゃが……」

「あいつらはテロリストよ？　無理に仲良くする必要なんてないんじゃない？」

ネリアがクレちゃんの銀髪をいじりながら言った。

しかしクレちゃんは「ううん」と首を振り、

「手を取り合うことが重要だと余は思う。たとえ相手が怖いテロリストだったとしても頑張って歩み寄ろうとするのが神聖教のやり方なのじゃ」

「なるほどねえ。クレちゃんはとっても優しいのね」

「教えに従っているだけじゃ！　とにかくカルラのことは参考にさせてもらいたいと思っておる。カルラは民草から尊敬されている立派な指導者だし、お菓子作りの腕前も宇宙一じゃ。余はカルラみたいにカッコいい人になりたい！」

「そ、そうですか」

カルラはちょっと頰《ほお》を染めて視線を逸《そ》らし、

「分かりました。そこまで言うのならお見せしましょう――――宇宙最強と謳われる大神アマツ・カルラの働きぶりを！　クレちゃんさんが逆さ月と仲良くなる一助となれば幸いです」

「カルラ様。調子に乗ると痛い目を見るよ」

「調子に乗ってなんかいませんよ。これがいつもの私です」

「だからいつも痛い目見てるんだね……」

「とにかく行きましょう！　あっちには私の執務室があるので――」

「――おいカルラ！　どこをほっつき歩いていたんだ！」

「げっ」

その執務室らしき部屋のほうから大声が聞こえてきた。こちらに向かってずんずん歩いてきたのは、虹の髪飾りと刃物のように鋭い目つきが特徴的な少女――レイゲツ・カリン。

カルラが毛虫を踏んづけた時のような顔で回れ右をして、

「ちょっとお手洗いに行ってきます。申し訳ございませんがカリンさんの相手はコマリさんたちにお任せを――ぐえっ」

「待てこら！　どれだけ仕事が溜《た》まってると思ってるんだ！」

カリンがカルラの首根っこをつかんでいた。

さらにこはるが彼女の身体《からだ》に鎖を巻きつけて動きを封じていく。

「久しぶりだなカリン。カルラが何かやったの？」

「ガンデスブラッド殿か……いや気にすることはない。いつものようにこいつが仕事を放り出して遊んでいるものだから、いつものように針の筵《むしろ》に座らせる罰を与えようと思ってな」

「遊んでませんっ！　今日はクレちゃんさんやコマリさんと遊ぶ約束があるんですっ！」

「遊んでるだろうが！」

「ちょ、ちょっと待つのじゃ！」

クレちゃんが両手の拳《こぶし》を握って前に出た。

「カルラは余が現世を楽しめるように頑張ってくれているのじゃ！　これも立派な外交の仕事と言えるのではないか⁉」

「すまないクレメソス504世猊下、それどころではないんだ。このぐーたら大神は私が白極連邦《はっきょくれんぽう》に出張していた一週間、お目付け役がいないのをいいことに放蕩三昧《ほうとうざんまい》な生活を送っていたらしい。一日十時間だぞ十時間」

「十時間⁇」

「昼寝の時間だ！　夜もしっかり寝ているくせにな！」

「のじゃ⁉」

クレちゃんのバックに稲妻が走った。ような気がした。

「じゅ、十時間……⁉　大神ってそんなにお昼寝していいの……⁉」

「真似《まね》しちゃダメよクレちゃん。仕事が滞っているからレイゲツ・カリンは怒ってるの」

ネリアの言う通りである。

カルラは私よりサボり魔なのかもしれんな。

まあサボりたくなる気持ちは分かるけども。

「――だ、だいたい何でカリンさんがそんなことを知ってるんですか⁉　宮殿のみんなは賄賂《わいろ》（和菓子）で口止めしておいたはずなのに！」

「こはるから聞いた」

「こはる〜！　どうしていっつも私を困らせることばかりするんですか⁉」

「カリンから賄賂もらったから」

「何……ですって……⁉」

すでにカルラは鎖でぐるぐる巻きの蓑虫《みのむし》にされていた。

「離してくださいこはる！」「それが上司に対する態度ですか⁉」「次はもっと賄賂を贈りますっ！」――大神にあるまじき発言をぶちかましながら己《おのれ》の忍者に引きずられていくカルラ。それはクレちゃんが思い描いているであろう〝理想の君主〟とはかけ離れていた。現にクレちゃんはドン引きした様子で硬直している。

やがて死期を悟ったカルラがクレちゃんに向かって叫んだ。

「クレちゃんさん！　大事なことは三つくらいあります！　一つ、仲良くしようと努力すること！　二つ、肩の力を抜いて適度にサボること！　そして三つめは――」

キリッといやに真面目な表情を作り、

「――サボってるのがバレたら全力で頑張ることです！」

「やかましい！　さっさと仕事するぞ！　私も手伝うから！」

カルラはそのまま執務室へと姿を消した。

ネリアとヴィルが「やれやれ」と溜息を吐く。さっそく教育に悪そうな光景を見せてしまったが、まあ、カルラのぐーたら事情がいつかバレるのは目に見えていたので気にしても仕方がないだろう。

☆

それからしばらく東都を観光した。

初めて異世界を目の当《ま》たり《あ》にしたクレちゃんのテンションは青天井《あおてんじょう》。

屋台で買った焼き鳥や饅頭《まんじゅう》に舌鼓《したつづみ》を打ったり。

魔法を使った大道芸を見て大はしゃぎしたり。

常世では有り得ないエンタメ戦争の話を興味深そうに聞いたり――ちなみにクレちゃんはエンタメ戦争について「野蛮なイベントなのじゃ……」とびっくり仰天していた。全面的に同意を示したいところである。

と、そんな感じで東都を満喫していたわけであるが、クレちゃんがこっちにいられる時間には限りがあるのだ。蕎麦《そば》屋でお昼ご飯を食べた後、私たちは【転移】の魔法でアルカ共和国の首都へと移動することになった。


「歓迎するわ！　ここがアルカの大統領府よ！」

ネリアが両手を広げて満面の笑みを浮かべた。

アルカに来たのも久しぶりである。

かつて私とネリアでボロボロにした（らしい）大統領府はすっかり再建され、翦劉たちが集まる国のシンボルとなっている。精緻《せいち》な意匠の噴水や大理石の像、整然と配置された生垣《いけがき》――天照楽土とはまた異なる力強い美しさがそこにあった。

「「「お帰りなさいませ、ご主人様」」」

ネリアに案内されて建物に足を踏み入れた瞬間――

メイド。メイド。メイド。

総勢三十人くらいのメイド軍団が私たちに向かって一斉に頭を下げた。

あれ？　ここって大統領府だよね？　帝都で最近流行《はや》りのメイドカフェじゃないよね？

――そんな疑問を抱いてしまうほどに予想外の光景だった。

そういやネリアって大のメイドオタクだったっけ。

大統領府の使用人が全員メイドになったっていう噂は本当だったのかよ。

「ネリア様！　お帰りなさいませ！」

その中でもひと際《きわ》目立つのがオレンジ髪の少女だ。

ガートルード・レインズワース。主人であるネリアをぶっ刺したこともある武闘派ドジメイドである。彼女は向日葵《ひまわり》のような微笑《ほほえ》みを浮かべると、とてとてとこちらに近づいてきて、

「クレメソス504世猊下ご一行ですね！　さあこちらへどうぞ、おもてなしの準備はできておりますよ！」

「ありがとう！　あなたは優秀なメイドね！」

「えへへ……」

ネリアに撫でられたガートルードが頬を緩めていた。

隣のヴィルが「私も優秀なので撫でてください」と服を引っ張ってくるが無視しておく。

「す、すごい！　ネリアもみんなから慕われておるのじゃな……！」

「この子たちは私のメイドだもの。メイドは主人に奉仕することを仕事とする存在よ。つまり部下をメイドにした時点で屈服させたも同然ってこと」

「お、おぉおお……！　それじゃ！　それこそ余が欲していたものじゃ……！　トリフォンやアマツにメイド服を着せればよいのじゃな⁉」

「ぷっ——そ、そうね！　それがいいと思うわ！」

「おいネリア、適当なこと言うな！　クレちゃんが信じたらどうするんだ！」

「冗談よ。でもね、うちはカルラのところとはちょっと違うわ。あいつは押しが弱いから部下に舐《な》められているところがあるけれど、私は力によって大統領府を完全掌握しているの。コツ、知りたい？」

「知りたいのじゃ！」

「私の妹メイドになったら教えてあげるわ！」

「なるなる！」

「なるなクレちゃん！　ネリアの言うことを信じちゃ駄目だ！」

ネリアは「あっはっは！」と豪快に笑った。

こいつはメイド服さえ着ていれば誰でもいいのだろう。

クレちゃんに被害が及ばないように目を光らせておかなければ。


「――他人を屈服させるために必要なのは弱みを握ることよ」

大統領府の応接室。

私たちはテーブルを囲んでティータイムと洒落込《しゃれこ》んでいた。

ネリアの言ってることは明らかに犯罪者とかテロリストのそれなのだが、純粋なクレちゃんは大真面目に耳を傾けながらスコーンをもぐもぐ食べている。

「もちろんすんなりメイドにできたら楽なんだけど、世の中そう甘くはないわ。相手をじっくり観察して、どんな恥ずかしい秘密を隠しているのか探る必要があるの。弱みさえ握っちゃえばこっちのもんよ、『バラされたくなかったら私に従いなさい』って囁《ささや》くだけでいいからね」

「ネリアもそうやってメイドさんたちを集めたの？」

「ほとんどが志願してくれた子だけど、中には脅迫して屈服させたのもいるわ。ガートルードのお兄さんとかがそうね。あいつは元々私のことを目の敵《かたき》にしてたんだけど、今では『踏んでください』と泣いて頼んでくるほどの忠犬になっちゃったわ」

「さすがネリアなのじゃ！」

「ネリア様、さすがにそれは盛りすぎかと……兄はそこまで変態じゃありません」

「別にいいじゃない。あんまり口出しするとあんたの恥ずかしい情報も暴露するわよ？　こないだベッドの下に隠してたアレのこととかね」

「うっ」

ガートルードは顔を赤くして黙り込んでしまった。

何それ気になる。へそくりとかだろうか。

「ほら、口を挟んでくる部下も簡単に黙らせることができちゃうの。弱みを握ることができれば主導権を握ることもできるのよ――ちなみにヴィルへイズもそういうのは得意でしょ？」

「もちろんです」

ヴィルが自信満々に返事をした。

私のアンテナが嫌な予感を検知した。

「私はコマリ様のあらゆる恥ずかしい一面を網羅しております。せっかくなので一部のエピソードをここで公開しましょうか。あれは昨日の朝のことでした――」

「やめろ変態メイド!!　口に指を突っ込むぞ!!」

「――目覚めたばかりで寝ぼけ眼《まなこ》のコマリ様が私の胸に顔を埋《うず》めたのです。これだけで驚天動地のカタストロフィだというのに、私に抱きしめられながらコマリ様は『お母さん』と呟《つぶや》きあそばされました。私がコマリ様のママになることを決意したのはあの瞬間ですね」

「お前はママじゃねえ‼」

「他にもたくさんありますよ。コマリ様は寝る時に抱き枕《まくら》のイルカさんに『おやすみ』と挨拶《あいさつ》をしていて」

「もう黙っとれ‼」

「黙ってほしかったらメイド服を着て私に奉仕してください」

「なっ……そんなのできるわけないだろ⁉」

「いいんですか？　クレちゃん殿にカッコ悪い真実がバレてしまいますよ？」

「いいわね！　コマリのサイズに合う服ならたくさん持ってるわ！」

この変態ども……。

私を追いつめる時だけ結託しやがって……。

しかしこれ以上ヴィルにしゃべらせるわけにはいかない。メイドになるのは一時の恥、ならないのは一生の恥だ。私の黒歴史はクレちゃんには刺激が強すぎるかもしれないからな――と内心で葛藤していると、ネリアが「こういうことよ」と得意げに胸を張り、

「相手のことをよく知れば自在にコントロールできるようになるの。クレちゃんはまず逆さ月

の連中を知るところから始めないとね」

「分かった！　余も他人の弱みを握れるように頑張るのじゃ！」

クレちゃんは憧《あこが》れのスポーツ選手を見るような目でネリアを見つめていた。

子供になんてことを教えているんだ。

このままだとクレちゃんが不良になってしまう。

私がこの子の未来を守らなければ――

「それはそうとコマリメイドよ。ガートルード、持ってきてちょうだい」

「私は着るなんて一言も言ってねえからな」

ガートルードは嫌そうな顔で「ネリア様」と呟いた。

「テラコマリに着せる必要ありますか？　べつに面白くないですよね？」

「あのこと国中にバラされたいの？」

「すみません持ってきます」

ガートルードがしれっと歩き出した。

ヴィルがしれっと質問した。

「カニンガム殿、あのオレンジメイドは何を隠しているのですか？」

「あの子のベッドの下からえっちな本が発見されたのよ」

「ぶべっ！」――そのオレンジメイドが何もないところで躓《つまず》いて転んだ。

ネリアは「すごい転びっぷりね！」と悪びれた様子もなく笑っている。

こいつのメイドになったら毎日こんな感じでからかわれるのだ。

ぞっとしないってレベルじゃねえぞ。

「ね、ね、ねね、ネリア様っ！　ヘンなこと言わないでくださいっ！」

「別にいいでしょ。この子たちだって言いふらしたりしないから――なんだっけ、あの本のタイトル。確か『密室楽園のメイド』だったかしら？」

「知りませんっ！　そんな本持ってませんからっ」

ガートルードは顔を真《ま》っ赤《か》にして走り出した。

しかし私には引っかかるものがあった。

『密室楽園のメイド』――なんか聞いたことのあるワードなのだ。

「ねえ、その本の著者名って分かる？」

「著者名？　そんなこと知ってどうするの？　もしかしてコマリも興味があるとか～？」

「承知いたしました。興味がおありならさっそく私と組んずほぐれつしましょう」

「するかバカメイド！――そうじゃなくてだな、『密室楽園のメイド』っていうタイトルに聞き覚えがあるんだよ。なあガートルード、それってもしかしたらシリーズものじゃないか？

たぶん一番新しいのは五巻か六巻だと思う」

オレンジメイドがびっくりして振り返り、

「テラコマリさんも読んでるんですか……？　あ、いえっ、私はもちろん読んだことがありませんけれど！　えっちな小説なんて興味もないですし！　で、でも『密室楽園のメイド』は五巻くらい出てたような気がしますね？　著者は……確か〝ロネロネ・コリー〟さん」

ネリアもヴィルもクレちゃんも頭にハテナマークを浮かべていた。

しかし希代の賢者の頭脳は高速回転を始めている。

もしこの著者が私の想像する人物であるならば。

そしてその人物が私と同系統の人間だとするならば。

クレちゃんの悩みを解消してやることができるかもしれない。

☆

ロネ・コルネリウスの趣味は官能小説の執筆である。

研究に行き詰まったときは原稿用紙に筆を走らせると頭が整理されるのだ。

(解決すべき問題は山積みだが――)

しかし何も問題はないだろう。

おひい様から託された「常世を安定させる任務」は順調といえる。

傀儡《かいらい》のミーシャ・モンドリウツカヤが予想以上に効果を発揮《はっき》してくれているからだ。

あの幼女がいるだけで信者たちは簡単にレハイシアの命令に従ってくれるため、逆さ月は好き勝手に振る舞うことができている。

（常世は復興させる予定だ。そのオマケとして好きに活動させてもらっても罰《ばち》は当たるまい）

コルネリウスは予算を不正に利用して実験施設を作るつもりでいた。

クレメソス504世は遊園地や動物園が欲しいと言っていたが、そんなのは趣味じゃない。

あの幼女は単純だから、たとえ実験施設を勝手に作っても後でお菓子をあげておけば機嫌《きげん》を直すだろう。

（拗《す》ねて家出でもされたら面倒だからな。あの子はこれからも逆さ月の操《あやつ》り人形として人々に神の御業《みわざ》を説いてもらおうじゃないか）

まあ、それはさておき。

今は小説である。〆切が近いのである。

最近は研究費の足しにするつもりで商業出版も行っているのだ。

こんな小説を書いてるのがバレたら恥ずかしくて死ぬ自信があるけれど。

「――――ん？」

上の階が騒がしい。誰かが走り回っているような気配がする。

ちなみにここは大聖堂の地下、コルネリウスが勝手に研究室と定めた倉庫である。衛兵たちには「近づかないように」と厳命しているのだが、何か事件でも起きたのだろうか。

コルネリウスは溜息を吐いて立ち上がった。

気怠《けだる》げな足取りで扉のほうへと近づいて――

「何だよまったく。これじゃ集中できなああああああああ⁉」

ドバアアアン‼

扉が猛烈な勢いで吹っ飛んだ。

コルネリウスは悲鳴をあげながらダンゴムシのように転がっていく。

☆

私はスピカから常世の秩序回復とクレちゃんのお世話を頼まれた。

いずれ常世には再び行かなければならないのだ。

だが、現世の人間は大扉を通ることを許可されていない。ペトローズが率いる多国籍遠征軍の調査が終わってから徐々に解禁される予定だったのだ。皇帝も「今はやることがない」と言ってたし、あの太陽が二つある謎の世界に戻るのはまだ先かと思っていたのだが――

お茶会の場で私の推測を話した瞬間、クレちゃんが「テラコマリをちょっと借りていく！」と言い出した。あの子は常世のトップであるため、大扉管理委員会（そういう委員会が発足しているのだ）も対応に手を拱《こまね》き、そうこうしているうちに常世の神聖レハイシア帝国に連行されてしまったのである。

で、ヴィルが大聖堂の地下室の扉を蹴破《けやぶ》った。

意味が全然分からないが、そこにいた人物を見て私は瞬時に理解した。

「――あなたが逆さ月のロネ・コルネリウスですね？」

「な、なんだお前⁉　テラコマリンにヴィルへイズ⁉　ここ常世だぞ⁉」

「そうです常世です。わざわざ正義の鉄槌《てっつい》を下しにきてあげたのですよ」

埃《ほこり》っぽい倉庫みたいな部屋だった。

ずらりと本棚が並び、難しそうな本がぎっしりと詰められている。

壁際《かべぎわ》のブルーシートの下から覗《のぞ》いているのは――丸太？　木だろうか？　よく見るとキノコが生えているのが見えた。

そんなよく分からない空間の中央であたふたしていたのは、白衣と眼鏡《めがね》がトレードマークの翦劉、ロネ・コルネリウスである。

ヴィルが険しい表情で一歩前に出て、

「コルネリウス殿。トリフォン・クロスと一緒になってクレちゃんをイジめているというのは本当ですか？」

「はあ？　むしろ私はトリフォンにイジめられてるクレちゃんを慰めてあげてるんだぞ。こないだもシイタケのステーキを振る舞ってあげたしな」

「と言ってますが？」

「嘘なのじゃ！」

クレちゃんが人差し指をピンとコルネリウスに向けた。

「シイタケのステーキは美味しかった！　でもそなたはトリフォンと結託して余の意見を蔑《ないがし》ろにするのじゃ！　教皇諮問機関のメンバーのくせして、多数決はぜーんぶトリフォンに丸投げ！　これでは余が思い通りに動くことができないのじゃ！」

「しょうがないだろ。あいつはケチな蒼玉なんだから。こっちが寛容に振る舞ってあげないと癇癪《かんしゃく》を起して面倒なことになるんだよ」

と呆《あき》れた感じで言ってるが、本当はトリフォンのことが怖いのだ。

私の見立てだと、コルネリウスは逆さ月のヒエラルキーにおいて最下層に位置するからな。スピカにはオモチャ扱いされてたし、フーヤオ&トリフォンには睨まれただけで萎縮していたし、アマツもこの人に対してあんまりいい感情を抱いていないようだった。「あいつは邪悪だ」とか言ってたし。

「文句があるならトリフォンにでも言ってくれ。怖いかもしれないが、テラコマリンの力を借りればちょっとは融通が利《き》くんじゃないかね？」

「コルネリウス自身は動かないと言うのじゃな？」

「私は研究で忙しいんだ。邪魔だからさっさと出て行ってくれ」

「そうかそうか――これを見てもそんなことが言えるのか？」

「ん？　げっ」

クレちゃんが鞄《かばん》から一冊の本を取り出した。

ガートルードから借りてきた『密室楽園のメイド』である。

ガムテープで表紙と裏表紙を貼《は》りつけてあるのは、間違っても中身をクレちゃんに見せないためだ。ガートルード曰く「けっこうカゲキ」らしい。平然とチュウする描写が出てきたらクレちゃんの情操教育に悪影響を及ぼすかもしれないからな。

「そ、それは何だ？　小説かな？　お姉さんが読み聞かせしてあげようか？」

コルネリウスは何故か冷や汗ダラダラだった。

この時点ですでに勝敗は決したも同然である。

クレちゃんは「テラコマリ」と真剣な表情で私を見上げ、

「余にはよく分からぬ。これが本当にコルネリウスの弱みなのか？　詳しく解説してくれると助かるのじゃが……」

「う、うむ。そうだな。言い出しっぺが説明しないとな」

私は咳払《せきばら》いをしてから『密室楽園のメイド』をクレちゃんから受け取った。

正直言って、人の弱みを握って脅迫するのは趣味じゃない。

そんなことをしたら変態メイドと一緒だ。

私も似たような立場だからコルネリウスの気持ちはよく分かるのだ。

でも――今回ばかりは心を鬼にするしかなかった。

この翦劉は義務を放棄してクレちゃんを間接的にイジメているのだから。クレちゃんが教皇としての自信を取り戻すためには、コルネリウスに動いてもらうしかないのだから。

私は深呼吸をすると、『密室楽園のメイド』をコルネリウスに突き出して、

「単刀直入に聞くけど、これはお前が書いたものだよな？」

一瞬の間。

「――は、はあ⁉ 単刀直入すぎて耳を疑ったんだが⁉ 私が書くのは高尚で世のため人のためになる論文だけだ！ そんないかがわしい本なんて知らん！」

「何でいかがわしい本だって分かるんだ？」

「………………」

絶句するコルネリウス。

この人、頭は良いんだろうけど極めてチョロい。

「……そ、それはだな、タイトルからしてそういう系としか思えなかったからだ」

「でも著者名が〝ロネロネ・コリー〟だぞ？ どう考えても〝ロネ・コルネリウス〟と関係があるよな？」

「ない！ 断じてない！ たまたま似てるだけだ！」

「というか、私はこの『密室楽園のメイド』っていうタイトルに見覚えがあるんだよ。常世でお前らとキャンプしてた時、コルネリウスのノートをチラ見したことがあっただろ？　そこに『密室楽園のメイド6』ってタイトルが書いてあったのを思い出したんだ。ガートルードが言うにはこのシリーズは五巻まで発売されてるらしいから、あの時お前は新刊の執筆をしていたんじゃないか？」

「気のせいだ！　人間の記憶ほど曖昧《あいまい》なものはないからな！」

「でもスピカが『コルネリウスは卑猥《ひわい》な文学を書いてる』って言ってたぞ」

「おひい様あああああああああああ!!」

今は地獄にいるであろうスピカに向かって吼《ほ》えた。

そう――私はコルネリウスが変態性に富んだ小説を書いていることを知っている。

そしてこの反応から察するに、彼女はその事実をひた隠しにしていたのだ。理由はおそらく恥ずかしいから。だからこそクレちゃんの付け入る隙《すき》が生まれるのである。

「くそ……まさかバレるなんて……こうなったらこいつらを消すしか……」

「コマリ様があなたを消し返しますがよろしいですか？」

「うぐっ」

コルネリウスが恐れるような目で見つめてきた。私はバケモノかよ。

ヴィルが「残念でしたね」と勝ち誇ったように宣言する。

「これにてコルネリウス殿の秘密は白日の下となりました。ロネロネ・コリーに関する情報は速やかに六国新聞へ売りつけるとしましょう」

「ま、待ってくれ！　作者の正体がテロリストだってバレたら発禁処分になるだろ⁉　お金が稼げなくなっちゃう――というかその前に羞恥心《しゅうちしん》で精神がおかしくなる！　これから生まれるはずだった数々の素晴らしい発明品が歴史のＩＦに葬られることになるんだぞ⁉　それでもいいのか⁉」

「クレちゃん殿。出番ですよ」

「そうじゃな」

クレちゃんが厳《おごそ》かな表情でコルネリウスに近づいていった。

窮鼠《きゅうそ》猫を嚙《か》む的な感じで反撃されるといけないので、ヴィルがしっかりガード。

この世の終わりのような顔をしている白衣の研究者をキッと睨みつけ、

「――ロネロネ・コリーの正体をバラされたくなかったら余の言うことを聞け」

「はい出た脅迫‼　出ました‼　やりやがりましたよこの幼女‼　私に何をしろって言うんだよ⁉　臓器提供とか死んでもイヤだからな⁉」

「そんなモノいらないのじゃ！　余はそなたに教皇諮問機関のメンバーとしてきちんと働いてもらいたいだけなのじゃ！」

「はあ？」

コルネリウスが溜息にも似た声を漏《も》らす。

ヴィルがクレちゃんの言葉を引き継いで言った。

「クレちゃん殿から神聖レハイシア帝国の事情は聞きました。あなたが議決権をトリフォン・クロスに移譲している限り、クレちゃん殿の意見が通ることはないのです。だから私たちはロネロネ・コリーのネタであなたを脅迫することにしました」

「ふ、ふざけんな！　私はトリフォンからも脅迫されてるんだよ！　議決権を寄越さないと針を脳天にぶっ刺すぞって！」

「脅迫に愛された人生を送っているのですね」

「誰のせいだと思ってるんだ！」

「官能小説と脳天、どっちが大事ですか？」

「ぬぬぬぅぅっ……!!」

コルネリウスは歯軋《はぎし》りをしてクレちゃんを睨みつけていた。その二つを天秤《てんびん》にかけられる時点でこの少女もぶっ飛んでいる。私だったら「脳天！」と即答しているはずなのに。

このまま目的達成なるか——

と思っていたら、クレちゃんが一歩前に出て、

「弱みを握ることも大切じゃ。しかし余はカルラのような優しい人にもなりたい——あの人からは部下と良好な関係を築くことも大切だと学んだのじゃ」

「脅迫してる時点で良好な関係なんて築けるとは思えんのだが⁉」

「ち、違うのじゃ！　えっと、その、これは――取引なのじゃ！」

クレちゃんは両手を必死に動かしてコルネリウスを説得しようとしていた。可愛い。

「余の言うことを聞いてくれたらコルネリウスの望む実験施設を作るのも吝かではない！　教皇の名のもと全面的にバックアップしようではないか！　ただし断ったらそなたの秘密を容赦《ようしゃ》なく暴露する！」

「なっ……」

脅迫と賄賂の合わせ技。

ネリアとカルラから学んだことをさっそく実践《じっせん》しているようだ。どっちも明らかにロクでもない技能なのだが、コルネリウスには効果覿面《てきめん》だった。しばらく頭を抱えて「ぐぬぬ」と煩悶し、研究室を犬のように行ったり来たりすること三十秒、やがて彼女は観念したように盛大な溜息を吐くのだった。

「――ああもう分かったよ！　クレちゃんの言うことを聞いてやるよ！　ただしトリフォンが襲いかかってきたらテラコマリンが何とかしてくれよ！」

「普通に嫌なんだけど」

「とにかく！　私の本のことは絶対に暴露するなよ⁉」

「やりましたねクレちゃん殿。日常的に脅迫できるネタを獲得しました」

「それは可哀想《かわいそう》だからやめるのじゃ」

クレちゃんは偉い。ヴィルだったら同じネタを何度も擦《こす》って私を脅してくるというのに。

コルネリウスは再び溜息を吐いて椅子《いす》にどっかりと座り、

「で、クレちゃんはいったい何を実現したいんだよ」

「もちろん遊園地の設立じゃ！」

「………」

コルネリウスは「大丈夫かこいつ」みたいな顔をしていた。

まあ大丈夫だろう。

もしヤバイ方向に進みそうになったら私やネリア、カルラが動くことになるから。常世の安定はこっちの世界にとっても重要であるため、常に目を光らせておく必要があるのだ。

かくしてクレちゃんは賄賂と脅迫によって実権を取り戻したのであった。

☆

私たちは神聖レハイシア帝国でオムライスを食べてから帰還した。

せっかくならキルティやコレットにも会いたかったのだが、前者は〝フルムーン〟の活動で世界を飛び回っているらしく、行方《ゆくえ》が杳《よう》として知れない。後者は巫女姫《みこひめ》の修行だか何だかでムルナイト帝国（常世）に滞在しているため、日程的に面会することができなかった。常世では【転移】の魔法が使えないのだ。とりあえず「いつか会おうぜ」みたいな手紙だけを送り、私たちはそのまま常世を後にしたのだった。

まあ、クレちゃんのことなら心配いらないだろう。

逆さ月のやつらも人々から慕われている教皇様を無下に扱うことはできないはずだし。

私はそんなふうに楽観視しながらいつも通り引きこもることにした。

が。


「――却下されたのじゃあああああ‼」

コルネリウスを脅迫してから一週間ほどが経《た》った。

またしてもこちら側を電撃訪問したクレちゃんは、涙目になって私に泣きついてきた。私は彼女の頭を撫でてやりながらヴィルのほうをチラリと見る。「どういうことだよ説明してくれよ」という意味の視線だ。

「クレちゃん殿は手紙を持たされていますね。アマツ・カクメイ殿からのようです――それによれば、クレちゃん殿の〝遊園地造営計画〟は2対1で否決されたのだとか」

「え？　コルネリウスが裏切ったの？」

「いえ、アマツ・カクメイ殿が反対に投じたようです。戦争の後始末で混沌《こんとん》としている現状、遊園地を造っている暇はない――という理由だそうです」

真っ当すぎる。そりゃ確かに遊園地はいらないよな。

忖度《そんたく》なしで判断してくれるのはありがたいと言えばありがたいのだが。

「テラコマリぃいいっ！　余はどうしたらよいのじゃ⁉　何を言っても結局却下されてしまうのじゃ！　トリフォンだけじゃない、アマツも余の敵だったのじゃ！」

「クレちゃん殿。アマツ・カクメイ殿はどんなふうに言っていたのですか？」

「遊園地は必要ないって！　お前はもっと勉強するべきだって！　うぅうぅうぅ……た、確かに余は勉強不足なのじゃ……知識も経験も全然ないし、逆さ月のやつらみたいな戦闘能力もないのじゃ……」

「クレちゃん殿は未熟ですからね。お祈りや地方巡幸といった教皇としての役割はきちんとこなしているのでしょうが、為政者《いせいしゃ》としての実力はまだまだです」

「うぅ……やっぱり……」

まあ、クレちゃんみたいに小さな子が一つの世界をまとめるのは難しいだろう。どうやっても傀儡になってしまうのは避けられない。仮に私が今ムルナイトの皇帝になったとしてもメイドの操り人形になる気がするしな。

「気にすることないよ。これからゆっくり勉強していけばいいんだ」

「余は頭がよくなりたい。アマツやトリフォンを納得させられる意見を言えるくらい頭がよくなりたい……どうやったらそんなふうになれるのじゃ……」

「ちなみにコマリ様は〝希代の賢者〟を自称しております。その脳味噌《のうみそ》はマシュマロを凌駕《りょうが》するほど柔らかく、アマツ・カクメイ殿やトリフォン・クロスも簡単に言い負かすことができるでしょう。クレちゃんの参考になるかもしれませんね」

「のじゃ……⁉」

おい。このタイミングで変なこと言うんじゃねえよ。

クレちゃんがキラキラした目で私を見つめてきたじゃないか。

「――テラコマリ！　そういえばそなたはとっても頭がいいのじゃ！」

「それほどでもないけどな。期待されても困るよ」

「ううん、テラコマリはすごいのじゃ！　コルネリウスを追い詰めるための策を考えたのもそなたじゃ！　よければ余の『先生』になってくれぬか……⁉」

「せ」

せんせい。せんせい。せんせい――

クレちゃんの言葉が私の脳味噌を揺さぶった。

こはるから「テラコマリ先生」と呼ばれた時とは異なるトキメキがそこにあった。

小さな子から頼りにされるこの感覚。なんだろう。めちゃくちゃ嬉《うれ》しいというか面映《おもは》ゆいというか何というか。何が何でも期待に応《こた》えたくなってくるから不思議だった。

「テラコマリ先生？　余が教え子じゃダメか……？」

「ぐっ……」

下からそんなことを言われたら致命傷になってしまう。

だって上目遣《うわめづか》いだぞ。見下ろされることが多いから慣れてないんだぞ。

ヴィルが「コマリ様」と耳打ちしてきた。

「実は先ほどの手紙にアマツ・カクメイ殿の依頼が書いてありました。曰《いわ》く、クレメソス504世に上に立つ者としての在り方を教えてほしい——だそうで。あと国語とか算数とか基本的な教育も。クレちゃん殿はろくに学校にも通えていなかったみたいなので、そういうのに憧れがあるのだとか」

何だそれは。そんなことを言われたらやるしかないではないか。

年上の先生としてクレちゃんを導いてやるしかないではないか。

私は拳を握って宣言した。

「——よ、よしクレちゃん！　今日から私がお前の先生だ！　希代の賢者が持っている貴重な知識・思考法を伝授してやろう！」

「のじゃ……！　ありがとうテラコマリ！　いやテラコマリ先生……！」

「私が先生となったからにはビシバシいくぞ！　でも厳しいと思ったら遠慮なく言ってくれよ！　なるべく優しくするから！」

「うむ！　よろしくお願いするのじゃ！　逆さ月をぎゃふんと言わせるために余も勉強を頑張るのじゃー！」

私はクレちゃんと一緒になって大はしゃぎしていた。

ヴィルが呆れたような目で見ているが、気にしている暇はない。だって先生だぞ。クレちゃんがいい子に育つかどうかは私の腕にかかっているといっても過言《かごん》ではない。ついに希代の賢者の本領を発揮する時が来たな――私はそんなふうにテンションを爆上げしていた。

「テラコマリ先生！　さっそく質問なのじゃ！」

「よかろう！　何でも聞きたまえ！」

「もっと効果的な脅迫と賄賂の方法を知りたいのじゃが……」

「それはもうやめようね」

これは相当手がかかりそうな気がしてきた。

とはいえワクワクするな。クレちゃんのお世話はスピカから頼まれたことでもあるし、責任をもって果たそうではないか――私はそんなふうに決意を新たにするのだった。

とりあえず、今のところの目標は「清く正しい子に育てること」だ。

ネリアやカルラ、逆さ月の連中から受けた悪影響を取っ払わなければ。

かくして私とクレちゃんの師弟関係が始まったのである。

ひ

Hikikomari the Vampire Countess no Monmon

4 サクナ・メモワールの暗中模索《あんちゅうもさく》

サクナ・メモワールの朝は早い。

帝国軍女子寮で飼っているニワトリが鳴くのと同時に起床。天井《てんじょう》にはコマリの写真がたくさん飾ってあるため、目覚めた瞬間に幸せエネルギーを摂取することができる。身支度を整え、朝食を食べた後、第六部隊の間諜《かんちょう》からもたらされた〝今日のガンデスブラッド閣下のご予定〟をチェック。あ、今日は七紅府《しちぐふ》だ。昼休みとかに会えたらいいな——頰《ほお》がゆるゆる緩んでいくのを抑えられない。

「ふふ……ふふふふふ……コマリさんコマリさんコマリさん……」

サクナ・メモワールのすべてはコマリで構成されているといっても過言《かごん》ではない。

逆さ月のテロリストとして暗躍していた時からコマリには憧《あこが》れを抱いていたが、七紅天闘《しちぐてん》争を経て、さらに数々の戦いを経験していくにつれ、あの小さな吸血鬼に対する執着にも似た思いは惑星レベルで肥大化していった。

最近は部下たちからもちょっと引かれている気配がする。

執務室の天井に小さな穴を開けて上の階（コマリの部屋）の様子を探っていたところを目撃

されたのが原因かもしれない。でも構うものか。コマリ本人にバレなければ恥ずかしくないのだ。部下たちにも「黙っててね？」とお願いしてるから問題ないはずなのだ。

「よし。今日も頑張ろう」

サクナは鞄《かばん》を手に取ると、鼻歌まじりに歩き出し、

――ピンポーン
部屋のインターホンが鳴った。

不審に思う。心当たりがなかったからだ。そもそもこの部屋を訪れる人物なんて隣のエステルくらいのものだ。彼女はたまに料理のお裾《すそ》分《わ》けをしてくれるのである。

警戒しながら扉を開いてみると――

そこには祭服を着た長身の吸血鬼が立っていた。

「――ヘルデウスさん？　どうしたんですか？」

「おはようございます。今日も心地よい天気ですね。これもきっと神が我々の営為を祝福してくれているからなのでしょう。ああ、なんとありがたきことか！」

七紅天大将軍ヘルデウス・ヘブン。

一族郎党を皆殺しにされたサクナを引き取ってくれた人物である。

以前は【アステリズムの廻転《かいてん》】の洗脳によってサクナの〝父親〟にされていたが（正確には洗脳されている演技をしていたのだが）、七紅天闘争以降、サクナはコマリに感化されて自立

の道を選んだため、今では父親ではなく頼れる同僚として懇意にしている。

だが、それでもサクナの部屋を訪ねてくるのは珍しかった。

「何かご用でしょうか？　今お茶を淹《い》れますね」

「お気持ちは嬉《うれ》しいのですが、ちょっと私にも時間が残されておりませんので」

ヘルデウスは相変わらずの柔和《にゅうわ》な微笑《ほほえ》みでサクナを見下ろして、

「皇帝陛下からの勅命《ちょくめい》で〝天文台〟について調べていましてね。これがちょっと難航している状況で、近頃《ちかごろ》は寝る間も惜しんで帝都を駆け回っているのですよ」

「えっと……天文台って愚者さんたちのことですよね？」

サクナは思い出す。

常世《とこよ》で大暴《あば》れした怪人――リウ・ルクシュミオ。

聞いた話では、あんなのがまだ五人もどこかに潜《ひそ》んでいるのだとか。

「はい。天文台の愚者は魔核《まかく》が破壊されると目覚めるそうなのですが、だとするとムルナイトの愚者の封印が解けていてもおかしくはないのです。何故《なぜ》なら我々の魔核は吸血動乱の時に破損したという事実があって――いえ、そういうことを話しに来たのではないのです」

ヘルデウスは大きく咳払《せきばら》いをして話題を変えた。

「サクナ、あなたにちょっとお話があります」

「お話ですか？　お仕事のことでしょうか」

「違います。あなたの言動について少々」

なんだか嫌な予感がした。ヘルデウスの眼鏡《めがね》がキラリと光ったのだ。

孤児院で他の子とケンカをした時もこんな感じで叱られた気がする。

まあ別に大した話ではないだろう。悪いことをした覚えなんてない。テロリストから足を洗ってからは清く正しく生きているつもりだし——

「あなたはガンデスブラッド殿をストーキングしているそうですな」

き、清く……正しく、
生きている、

「これまでは目を瞑《つむ》っていました。多少倫理道徳から逸脱した行為があったとしても、その行為の源泉が他者を想《おも》う真心ならば仕方がない——そう思っていたのです」

「しかし最近はどんどんエスカレートしていますね。七紅府の七階で発見された隠しカメラや盗聴器、ガンデスブラッド邸の周囲で目撃されている銀髪の幽霊、女子寮で夜な夜な聞こえてくる『コマリさんコマリさんコマリさん』という謎《なぞ》の呪文《じゅもん》——厳重な調査の結果、これらの原因はすべてサクナであることが判明いたしました」

つもりなんですけど……、

「さすがに放置しておくことはできません。神も許してはくださらないでしょう。そこで私はサクナの言動を改めさせるために懲罰することを決意したのです」

「ま、待ってくださいっ」

死にかけた脳を再起動する。

駄目だ。落ち着け。動揺を悟られるな。

「それは私じゃありません！　でもコマリさんの周りにそんな変態さんがいたなんてビックリです……はやく捕まえましょう！」

「いえ、すべて証拠があります」

ヘルデウスが懐《ふところ》から何枚かの写真を取り出した。

そこに写っていたのは――七紅府の壁を素手でめくって隠しカメラを回収しているサクナ。ガンデスブラッド邸の周囲を徘徊しているサクナ。七紅府の七階の窓にへばりついてコマリをじーっと見つめているサクナ。サクナサクナサクナサクナサクナサクナサクナサクナ――

再び脳が死んだ。これ終わった。

「と……盗撮なんて……よくないと思います……」

「はっはっは！　それはサクナが言えたことではありませんな！」

ぐうの音も出なかった。

ヘルデウスは「それにしても」と真剣な表情で腕を組み、

「ここまでとは思いませんでしたね。完全に〝コマリ中毒〟です。私はあなたの将来が少し心配になってしまいました」

「う……ぐううぅっ……！　私を……どうするつもりですか……？」

「ご安心ください、べつにサクナを逮捕しようというわけではありません。人は間違いを犯すもの、正しく懺悔《ざんげ》をすれば神も許してくださることでしょう」

懺悔。そうだ。これは悪いことなのだ。

サクナだって罪悪感はあった。でもコマリへの欲望が止められずに暴走してしまっていた。悪は必ず滅びる――ついに神の裁きがサクナの身に降りかかろうとしていた。

「わ、私は、何をすればいいんでしょうか……？」

「〝コマリ断ち〟ですね」

「⁉」

「ガンデスブラッド殿に極力近づかないようにしてください。たまに会話をする程度なら問題ないでしょうが、過度に接触すればコマリ中毒が加速していきます。日常生活の中でもガンデスブラッド殿のことはなるべく考えないように」

「そんな……！　死んじゃいますっ」

「死にません。頑張ってください」

ヘルデウスの目はマジだった。

普段の慈悲深い神父とはかけ離れている。

今のサクナにとっては彼が死神に思えてならなかった。

「それとサクナには孤児院の仕事を手伝ってもらいましょうか」

「え？　孤児院ですか……？」

「コマリ断ちの一環ですよ。神のしもべとして子供たちのために働けば、心が清らかになって淫邪《いんじゃ》な気持ちが薄れていくことでしょう」

サクナはぎゅっと拳《こぶし》を握りしめる。

耐えられない。たぶん耐えられない。コマリ断ち三日を過ぎたあたりで全身に蕁麻疹《じんましん》が発生する。精神がおかしくなって目につくものを破壊してしまうかもしれない。あ、想像しただけで手が震えてきた。

「も、もし、私が〝コマリ断ち〟を拒否したら……？」

「その際の対応は彼女に一任してあります。先ほどもお伝えしましたが、私は天文台の調査で時間がとれませんので――」

彼女？　彼女って誰《だれ》？

サクナは不思議に思ってヘルデウスの視線の先を追った。

女子寮の庭のほうから女の子が近づいてくる。

ゴスロリ風にアレンジされた軍服。人を嘲《あざけ》るようなニヤニヤした笑み。いつも持ち歩いているピンク色の傘は、日差しを避けることにも敵兵を刺し殺すことにも使える十徳アイテムだと聞いたことがある――

「久しぶりねっ！　元気してた？　サクナ・メモワール」

目の前で毒々しい笑顔が弾《はじ》ける。

チョコレートのような甘ったるいにおいが鼻腔をくすぐった。

サクナは思わず一歩後退し、我知らず震える声で、

「ベリーチェイス閣下……⁉　どうしてここに」

「閣下ぁ？　それは七紅天につけられる敬称でしょお？　あんたに爆発《ばくはつ》させられて一兵卒に降格させられた元・上司に向かって『閣下』だなんて――あんまりおちょくってるとチョコにして食べちゃうぞ☆」

ざわりとした。セリフの最後に「☆」をつけるなんて。

メイジー・ベリーチェイス大佐。

かつて第六部隊を率いていた吸血鬼にして元・七紅天である。サクナに下剋上《げこくじょう》されたことによってその地位を明け渡し、今は帝都のどこかで隠棲《いんせい》しているという話だったが――何故いまさら？　サクナは救いを求めるようにヘルデウスを振り返った。

「ど、どういうことでしょうか……？」

「私のかわりにサクナのコマリ断ちを監督していただきます。同じ第六部隊だったので気心も知れているでしょうし、ベリーチェイス殿もやる気満々のご様子なので」

え。ちょっと待って。

どう考えてもこの人って私のこと嫌ってるんだけど――そんな感じで空恐ろしい何かを感じた瞬間、メイジーが「そういうことよっ」と近づいてきて、

「あんた、ストーカーやってるんだってぇ？　キモっ！」

「き、きも……？」

「きゃはははは！　なんて顔してんのよ！　大丈夫大丈夫、安心しなさい、バラしたりしないから。あんたを破滅させてやりたいのは山々だけれど、ヘブン様のお願いだからねえ。報酬もたくさん出るし、あんたが真人間になれるように協力してあげるわ」

「ではよろしくお願いしますよ、ベリーチェイス殿」

「はぁい！」

「あのっ、ヘルデウスさん――」

サクナの声を無視してヘルデウスは去っていった。

かわりにメイジーが「ひひひひ」と不気味に笑って顔を近づけてくる。

「たぁっぷりお礼をしてあげるわ。私を七紅天から引きずりおろしてくれたお礼をね」

「ひっ……!?」

恨《うら》まれてる。めちゃくちゃ恨まれてる。

サクナはこの人のことが苦手なのだ。コマリ断ちだけでも死を覚悟するようなイベントなのに、これでは本当に死んでしまうかもしれない。

下剋上で敗れた七紅天は帝国軍から退くのが慣習だ。

一応部隊に籍は残っているのだが、あまりにも不名誉なので自ら野に下るのである。

このメイジー・ベリーチェイスという少女も例に漏《も》れず、サクナに敗北した後は帝都でひっそりと暮らしていたらしい。が、ヘルデウスの「コマリ断ち作戦に協力してください」という要請を受けて第六部隊に舞い戻ってきたのである。

「突き落としたいわぁ、毒の沼に突き落として窒息させてあげたいわぁ」

「あ、あの、ベリーチェイス閣下――」

「『メイジー』って呼びなさいよ！　私を負かしたんでしょ？　私より強いんでしょ？　下手《したて》に出られるとムカつくのよねえ、殺したくなっちゃうわぁ」

「ひっ……、め、メイジーさん、」

「なに？」

「もしかして、ずーっと私のそばにいるつもりですか……？」

「もちろん！　ヘブン様から言われたからね」

☆

七紅府の廊下。

サクナはメイジーと一緒に執務室を目指していた。

すれ違う兵士たちがギョッとした様子でこちらを見つめてくる。

爆発して消えたはずの元・七紅天が何故かいるのだから無理もないだろう。

「――にしても長続きしてるのねえ、七紅天。今すぐあんたを破滅に追いやって地位を奪い返してやりたいわぁ」

「わ、私の秘密をバラすつもりですか……!?」

「そんな無粋なことしないわよ？　私に与えられた仕事はサクナのコマリ断ちを監督することよ。ま、ちょっとでもルールを破ったら即・破滅だけどね」

「ルール？　コマリ断ちって具体的に何をするんですか？」

「テラコマリとの会話は一日十秒まで」

「十秒……!?」

「それと三日に一度はヘブン様の孤児院でアルバイトすること。子供たちと遊んで清らかな心に感化されることが必要だ――ってヘブン様は言ってたわねえ」

アルバイトはべつに構わない。でも十秒はきつい。禁断症状が出てしまう。

直接話せないぶん、むしろ盗撮とかストーキングが加速しそうな気がする。

「もちろんストーカー行為は禁止よ。やらかした場合はすぐさまあんたの秘密を全世界にバラしちゃうから♪」

「そ、そんな……」

サクナにとってコマリは栄養素の一つでもあるのだ。野菜が不足すると元気がなくなるのと同様に、コマリニウムが不足すると手あたりしだいにモノを破壊したくなってくる。

だが、それこそヘルデウスがこんな強硬手段に及んだ理由なのだろう。

サクナのコマリ熱はいよいよヤバイ領域に達し始めているということだ。

「――あ、サクナ！」

ぐるんとサクナは高速で振り返る。

階段のほうから小さな吸血鬼――テラコマリ・ガンデスブラッドが歩いてくる。

隣のメイジーが「十秒ね？」と囁《ささや》いて懐中時計《かいちゅうどけい》を取り出した。

すぐそこに本物のコマリさんがいるのに。ゆっくりお話しするチャンスなのに――そんな感じで嘆いているうちにコマリが目の前までやってきて、

「おはよう！　実はクッキーを焼いてみたんだ。サクナにも味見してもらいたいと思って……よかったら食べてくれないか？」

七秒経過、

「は、はい！　喜んで――」

「ん？　そっちの人は誰？」

九秒経過。そしてコマリの目が隣のメイジーに向いた。

サクナは超絶早口で言葉を紡《つむ》ぐ。

「えっと、この人はメイジーさんって言って——」

「はい十秒」

「もう⁉」

サクナはそれ以上何も言えなくなってしまった。

コマリは不思議そうな顔をしてメイジーとサクナを交互に見つめている。

「サクナの友達？　あ、もしかして第六部隊の人かな」

「…………」

何も言えない。かわりにメイジーが口を開いた。

「初めまして！　私はメイジー・ベリーチェイス。位階は準一位、現在の階級は大佐、ムルナイト帝国軍第六部隊に所属しています」

「あ、よろしく。私は——」

「テラコマリ・ガンデスブラッド様でしょう？　よッく知ってるわ、今を時めく史上最強の七紅天！　あなたの活躍のおかげで六国《りっこく》が平和になったことは周知の事実だもの！　ここに突っ立っている私の上司とは大違いだわぁっ」

当てつけのようにサクナの肩をぽんと叩《たた》いてくる。

べつに反論はない。ないけどその悪意が心をグサグサと突き刺す。

「メイジーはサクナと仲良いの？」

「もちろん。仲が良すぎて毎晩パジャマパーティーしてるわ〜♪」

毎晩そんなことしてたらおかしいよ。

「へえ。私もサクナとお泊まりしたことあんまりないのに……」

「サクナと私は莫逆《ばくげき》の友よ。テラコマリ様には悪いけれど、この子の中で順位をつけたら私が一番になるんじゃないかしらぁ？　テラコマリ様はたぶん二番目よ」

「ち、違いま──」

「──あら？　しゃべるの？　テラコマリの前で？」

耳元で囁かれてサクナは背筋を伸ばす。

すでに十秒経《た》っている。ルールを破ればメイジーは容赦《ようしゃ》なくサクナの犯行を暴露するに決まっていた。ゆえに口を引き結んで石像のように硬直するしかない。

「そ、そっか。私もメイジーとは仲良くできると嬉しいよ」

「こちらこそ☆　いっつもサクナの面倒をみてくれてありがとね」

メイジーとコマリが握手を交わしていた。

ああ。騙《だま》されちゃダメですコマリさん。この人はとんでもない嘘《うそ》つきなのです。

しかしサクナの心の声が届くことはなかった。

結局、コマリは「じゃあまたねー」と手を振って七階へ行ってしまう。

メイジーはコマリの手作りクッキーを掌中で弄《もてあそ》びながら、

「いい子ね。あんたにストーキングされてるのが可哀想《かわいそう》なくらいだわぁ」

「す、ストーキングなんてしたことは……」

「ない？　ないって言いきれるの？」

言いきれない。サクナにはちょっと罪悪感がある。メイジーは「ほらね」とケラケラ笑う。

「よくもまあストーカーなんてやってられるわね。他人に執着するなんて時間の無駄よ」

「私はストーカーじゃありませんっ！　ちょっとコマリさんのことを追いかけちゃうだけなんですっ！　それに……自分の時間をどう使うかは個人の自由だと思います」

「きゃははは！　とんでもない変態ね！　きもいわ！」

「人に『きもい』だなんて失礼だと思いますっ！」

「とにかく私の言うことには従ってもらうからね？　破ったら待っているのは破滅よ？　あんたのキモい犯行が明るみになったらテラコマリに嫌われちゃうかもねぇ？」

「うっ……」

メイジーは鼻歌を歌いながら執務室へと入っていく。

逆らうことはできなかった。

☆

最近、サクナの様子がおかしい気がする。

話しかけても十秒くらいしか会話が続かないのだ。気まずいというわけではなく、向こうが無理矢理切り上げて逃げてしまうのである。しかもサクナの周りには何故かずーっとメイジーが張りついており、私とのやり取りをニコニコしながら監視していた。

「――サクナ、何かあったのかな？　避けられてるような気がするんだけど」

お昼休みの時間。七紅府の執務室。

私はヴィルが作ってくれたお弁当を食べながらサクナに想いを馳《は》せる。

隣のヴィルが「そうですね」と顎《あご》に手をあて、

「あの様子だとコマリ様のことをキライになってしまったのかもしれません」

「そ、そうなの……⁉　サクナに何かしたかな……はやく謝らないと……」

「ごめんなさい冗談です。そんなに落ち込まないでください。おそらくメイジー・ベリーチェイス殿が何かをしているのでしょうね」

「メイジーが？」

「推測にすぎません。しかしあの二人にはただならぬ因縁があるはずですよ。だってベリーチェイス殿は第六部隊の前七紅天ですからね」

「はあ⁉」

「メモワール殿が爆発させた吸血鬼です。下剋上が成立した後は帝国軍から姿を消していたようですが、舞い戻ってくるとは驚きですね」

言われてみれば見覚えがあるような。

大昔――七紅府であのゴスロリ少女とすれ違った気がする。その時は「軍服ってあんなにアレンジしてもいいんだな～」くらいのことしか考えていなかったけれど。

「でも、だとするとサクナを恨んでてもおかしくないよな？」

「仲良さそうですよね。あれが演技という可能性は――」

そこでヴィルが窓のほうに視線をやった。

私もつられて覗《のぞ》いてみる。

サクナとメイジーが連れ立って歩いていた。

友達というのは本当なのだろう。メイジーが親しげにサクナとスキンシップをしていた。サクナのほうはちょっと困っている様子だったが、あの弱々しい抵抗からしておそらくツンデレの一種に違いない。ヴィルに対する私みたいな――いやいや何を考えてるんだ私は⁉

「ん？」

ふと、二人の背後の木陰に誰かが立っているのを発見した。

見覚えのない男の人だ。さりげない感じでサクナとメイジーを観察している。

ムルナイトの軍服を着てるから第六部隊の人なんだろうけど――

まあ、気にしてもしょうがないだろう。

それよりもサクナのことが心配だった。

メイジーは彼女に何をしたのだろうか？

☆

メイジーの凶行は止まらなかった。

四六時中サクナにへばりつき、コマリと接触しそうになると懐中時計を取り出して脅してくるのである。こっそり通信用鉱石でコマリに連絡を取ろうと思ったが、魔力を込めようとした瞬間、鉱石にチョコがくっついてベトベトにコーティングされてしまった。メイジーは毒入りチョコレートを操《あやつ》る魔法使いなのである。何が彼女をそこまで駆り立てるのか分からないが、おかげでこの三日間、ろくにコマリと接することができていない。コマリニウムが欠乏して禁断症状が出てきた。こないだ自室の等身大コマリン人形が「サクナだいすき」としゃべり始めたのだ。明らかに幻覚である。いよいよヤバくなってきている。

が、そんな状況でもコマリ断ちは継続する。

メイジーは傘をくるくる回しながらニコリと笑い、

「――はぁい！　今日はサクナ・メモワール七紅天大将軍が来てくれました～！　みんなと

一緒に遊んでくれるんだってっ！　楽しみだね〜っ！」

「「「わあああっ！」」」

笑顔の子供たちが一斉に駆け寄ってきた。

帝都にある〝ヘブン教会〟――七紅天ヘルデウスが経営する孤児院である。

猛烈な勢いだったので身動きもとれず、あたふたしているうちに取り囲まれてしまった。子供たちは多勢に無勢なのをいいことに色々なところをペタペタと触ってくる。

「本物のサクナ将軍だ！」

「サクナ将軍！」

「サインちょうだーい！」

サクナの知らない子ばかりだった。

それは何らおかしなことではない。サクナと同年代の子はとっくに孤児院を卒業して働きに出ているのだから。とにかく今日はこの子たちと遊ぶことに専念するとしよう。サクナは子供たちの頭にぽんと手を置いて、

「私はサクナ・メモワールっていうの。ちょっと前までこの教会に住んでたんだ。みんなはいつも何して遊んでいるの？　私に教えてほしいな」

「お絵描き！」「ドッジボール！」「粘土！」「鬼ごっこ！」「殺し合いごっこ!!」「テラコマリごっこ!!!」――子供たちは元気に答えてくれた。

服を引っ張られて庭のほうへと連れ出されていく。

子供たちは「サクナ将軍！　サクナ将軍！」と無邪気に大騒ぎ。

その様子が可愛《かわい》らしくて思わず笑みがこぼれてしまった。これがコマリ断ちに有効なのか分からないけれど、仕事でたまった疲労が洗い流されていく感じがした。

「日が暮れるまで子供たちの相手をしなさい。それがあんたの仕事よ」

ブランコの隣にメイジーが立っていた。

相変わらずの毒々しい笑顔だが、いつもより少しだけ雰囲気が和らいでいる気がした。

「……メイジーさんもここで働いているんですか？」

「しょうがないでしょ？　どこかの誰かさんのせいで食い扶持が稼げなくなっちゃったからねえ？　ヘブン様に雇ってもらって、したくもない子供たちの世話をしてんのよ」

その割には慕われている気がする。

メイジーの陰からこちらの様子をうかがっている子供たちが二、三人いた。サクナに近づくのが恥ずかしいのだろうが、隠れ蓑として利用されている時点で信頼されていることがうかがえた。メイジーは「ほら～！　年長組はお勉強の時間でしょ～⁉」などと叫びながら建物のほうへと戻ってしまう。

「サクナ将軍！　こっちこっち！」

「え？　あ、うん」

サクナはもみくちゃにされながら引っ張られていく。

あまりにも元気。サクナがいた頃より孤児院は活気づいていた。

いや、七紅天が来たからテンションが上がっているだけかもしれないが。

「ぶっ」

ばこん。側頭部にボールをぶつけられた。

ここまで来たら逃げることはできない。思う存分この子たちの相手をしようではないか
――サクナはそう決意しながら声を張り上げる。

「こらー！　やったなー⁉」

子供たちはわーわーきゃーきゃー大騒ぎしていた。

今日は大変な一日になりそうだ。


それからは怒涛のような時間だった。

一人一人の相手をすることはできないため、全員で隠れん坊をしたり鬼ごっこをしたりといった感じのお祭り騒ぎ。転んで泣き出す子、取っ組み合いのケンカを始める子、その辺に生えてる雑草を食べ始める子――それはまさに暴風雨の中を行軍するかのような大変さだった。

が、子供たちは何故かサクナのことをめちゃくちゃ慕ってくれているのである。どうやらへブン教会においてサクナ・メモワールは憧れのスターみたいな存在らしいのだ。よくよく考え

てみれば、サクナはこの孤児院出身でありながらムルナイト帝国に七人しかいない武官の頂点――七紅天。スター扱いされるだけの肩書きは揃《そろ》っていた。

「はあ……疲れました……」

「疲れてる場合？　鍋が吹きこぼれそうになってるんだけど？　こぼしたらあんたの秘密を子供たちにも暴露するからね」

「ご、ごめんなさいっ」

孤児院は西日の赤に包まれている。

サクナとメイジーは夕飯の準備でキッチンに立っていた。

子供たちは上の階で神聖教の教典を読んでいるらしい。この孤児院は神聖教の教会も兼ねているため、幼い頃から神の御業《みわざ》を頭に叩き込《こ》まれることになるのだ。

「それにしても大人気だったわねえ」

メイジーが手際《てぎわ》よく野菜を切りながら言う。

「サクナ将軍、サクナ将軍って。子供たちのあんな嬉しそうな顔は久しぶりに見たわ」

「私も子供たちと一緒に遊べて楽しかったです」

「あんたは憧れの的だからね。ヘブン教会の子供たちは第六部隊のエンタメ戦争をよく見に行ったりしてるのよ」

「で、でも、私ってそんなに成績よくないですよ？　七紅天の中でも最下位付近といいますか……ペトローズ・カラマリアさんやコマリさんのほうが遥かに優秀だし」

「ふぅん、自分でも分かってんのね。案外賢いみたい――――でも」

ビシッ!!――――いきなり包丁の先端を向けてきて、

「そういう卑屈な態度はムカつくわぁ。私を殺して七紅天の地位を奪い取ったくせに、いつまでそんな無自覚な小娘のままでいるわけぇ？」

「ど、どういう意味ですか？」

「きゃははは！　いつかあんたをチョコレートでドロドロに溶かして食べちゃおうかなって意味よ♡」

意味が分からない。怖い。サクナは鍋をかき混ぜながら、

「えっと、その、孤児院の仕事はコマリ断ちに必要なんですよね？　もしかして『コマリロスを紛らわせるために子供たちと触れ合いなさい』っていうことなんでしょうか？」

「あんたがそう思うのならそうなんじゃない？　ばーか」

メイジーはどこからともなく取り出した板チョコをぱくりと口に含む。

相変わらずフワフワしたことしか言わない人だ。

その時、キッチンの扉がするすると開かれていく気配がした。

「サクナ。久しぶりだね」

「あれ？　ヌーナ？」

そこにいたのは、サクナがヘブン教会にいた頃に仲良くしていた少女、ヌーナ・ラクーンだった。記憶の中にある姿より一回り大きくなっているが、頭に生えている狸耳《たぬきみみ》は少しも変わっていない（獣人種と吸血種、両方の血を引いているのだ）。

　彼女は少し緊張した様子でサクナに近づいてきて、

「ずっと年少組と一緒にいたから。なかなかタイミングが見つからなくて」

「ごめんね。あの子たち、ものすごい元気だから」

「サクナも元気そうでよかったよ」

　ヌーナはサクナより二つ下。よく話すようになったキッカケは〝二つの種族の血を引いているという共通点があったから〟だった気がする。サクナが孤児院を卒業して帝国軍に入ってからは接点がなくなってしまったけれど。

「すごいねサクナ。七紅天大将軍だなんて」

「あはは……運がよかっただけだよ」

　何故かメイジーがギロリと睨《にら》んできた。怖かったので無視しておく。

　ヌーナは「そっかぁ」と感慨深そうに頷《うなず》いて、

「サクナは頑張ってるんだね。私も早く追いつきたいな」

「追いつく……？　帝国軍に入るつもりなの？」

「うん。孤児院を卒業したら軍人になりたい。サクナの第六部隊に入りたい」

ヌーナは運動もできるし魔法も得意だ。

帝国軍でやっていけるだけのポテンシャルはあるだろうけど――

「え、えっと、もしかして私の影響？　そんなに簡単に決めちゃっていいの？」

「簡単じゃないよ。サクナはヘブン教会のスターだから。私もずっとサクナみたいになりたいって思ってたんだ」

ちょっと困ってしまった。自分は元テロリストの殺人鬼だ。あんまり人から尊敬されることに慣れていない――そもそも尊敬されるだけの価値があるとは思えなかった。

しかしヘブン教会に帰ってきて少し分かった。

この子たちはサクナのことを本当に英雄視しているのだ。

「やぁっと気づき始めたようね？　七紅天が担《にな》うべき役割ってものに」

「メイジーさん？　どういうことですか……？」

「七紅天は帝国のスター、英雄、誰もが憧れる絶対的覇者《はしゃ》。そういうイメージを崩さないためにも頑張る必要があるの」

だんだんメイジーが何を伝えたいのか分かってきた気がした。

この人は七紅天としての立ち居振る舞いをサクナよりも熟知している。

「ねえサクナ、七紅天って普段何やってるの？　どうやったらなれるの？　やっぱり部隊を統率するのって大変だったりする？――」

ヌーナが瞳《ひとみ》を輝かせてサクナを見つめてきた。

そんなに純粋な想いを向けられたら応《こた》えないわけにもいかない。

サクナは料理をしながら七紅天について考える。

☆

自宅と七紅府と孤児院（とたまに戦場）をぐるぐる回る日々がしばらく続いた。

最初のうちは戸惑いもあったが、いつしかメイジーに引っ張られて孤児院に行くのが楽しみになっていた。子供たちと接していると心が清らかになっていく気がするのだ。そう、たとえるならば、モヤモヤとした執着心が洗い流されていくかのような——これがヘルデウスの狙《ねら》いなのかもしれなかった。

子供たちはサクナのことをヒーローのように慕ってくれている。

その中でもとりわけサクナの仕事に興味を示したのはヌーナだった。

「うわぁ！　ここが七紅府……！」

「六階が私の執務室だよ。好きなだけ見学していってね」

「うんっ。ありがとう」

ある時、ヌーナを宮殿に招待したことがあった。あまりにも七紅天の話をせがんでくるものだから、「よかったら来てみる?」と誘ったのだ。ヌーナはあんまり感情を表に出すタイプではなかったが、その狸っぽい尻尾《しっぽ》がぶんぶんと揺れていたのが印象的だった。

「すごいなあ。本当にすごいなあ。私もサクナみたいになりたいよ」

ヌーナは執務室をきょろきょろ見回しながら溜息《ためいき》を吐《つ》いた。

「頑張ればなれると思うよ。ヌーナは私なんかよりも才能あると思うし」

「そうかな? サクナのすごい噂《うわさ》は聞いてるよ? こないだ素手で鎖を引き千切《ちぎ》ったって新聞に書いてあったけど……」

「そ、それは捏造《ねつぞう》だから! たぶん六国新聞でしょ!?」

最近何故かパワー系の戦士みたいに扱われることが多くなってきたサクナである。おかしい。非常時以外はマジックステッキを使って戦っているはずなのに。

「でもやる気が出てきたよ。私も孤児院のみんなに夢や希望をあげられるような人間になりたい。今日からトレーニングのメニューを増やすことに決めた」

「無理しないでね。身体《からだ》を壊しちゃったら元も子もないから」

「大丈夫だよ。――またここに来てもいい?」

「もちろん」

ヌーナは「ありがとう」と笑って帰っていった。

あの子と言葉を交わすにつれ、サクナの心は微妙に変質していった。

七紅天の仕事——それは〝テロ活動をしたことに対する贖罪《しょくざい》〟、そして〝コマリに近づくための手段〟にすぎなかったはずなのに。

孤児院のみんなのために頑張るのも悪くないかな、と思い始めている。

ちょっと酔っ払っているのかもしれない。

子供たちの純粋すぎるオーラに酔っている。

「——サクナ・メモワール。さっき出て行った半獣の小娘はなんだ」

「わっ」

開け放たれた執務室の扉のところにデルピュネーが立っていた。演習でもしてきたのか、その軍服にはべっとりと血がこびりついている。

「あ、その、あの子はヌーナっていって、帝国軍に入りたいっていうから見学をさせてあげてたんです。私と同じ孤児院で暮らしていた子なので身元の保証はあります」

「そうか。身ごなしが軽《かろ》やかだった。よき軍人となることだろう」

デルピュネーは血で濡《ぬ》れた服をしぼりながら言った。

染み出した血がふわふわと浮遊して彼女の手に吸い込まれていく。

そういうことを他人の執務室でやらないでほしいと思う。

「えっと、何かご用でしょうか？　六階までいらっしゃるなんて珍しいですね」

「ただの伝言だ。連続誘拐事件についてのな」

デルピュネーは懐から書状を取り出して、

「ここに詳しく書いてある。例の事件についてはお前も知っていると思うが、未《いま》だに解決する様子がない。それどころか最近は徐々にエスカレートしている。これまでの被害者は老若男女を問わなかったが、近頃は子供ばかりが狙われているのだ」

胸にちくりと痛みが走った。

サクナたちが常世から帰ってきて以来ずーっと続いている気味の悪い事件。

警察の手には負えなかったのでフレーテとデルピュネーが捜査を引き継いだと聞いたが、まだ解決していなかったようである。

「フレーテのイライラは頂点に達している。『ガンデスブラッドさんのエンタメ戦争に付き合ってる暇なんてありませんでしたわ！』──みたいな感じでな。私も事件が解決できていないことを不甲斐《ふがい》なく思うが、もう手段を選んでいられる状況ではない。次の七紅天会議ではこの事件について話し合いが行われるから、承知しておいてくれ」

「犯人の手がかりは全然ないんですか？」

「ああ。敵は烈核解放《れっかくかいほう》を使えるのかもしれないな」

デルピュネーは「じゃあよろしく」と手を振って去っていった。

子供を狙った誘拐事件。

サクナの脳裏をよぎるのは孤児院のみんなの顔だった。

七紅天としてやるべきことは、彼らに犯人の魔手が及ばないようにすること。

☆

それはそれとして頭がおかしくなってきた。

孤児院で働くうちに中和されてきたと思っていたが、単なる幻覚だったらしい。

メイジーはあらゆる手段を尽くしてサクナがコマリに接触するのを妨害した。しかも鬼畜なことに、サクナが自室に飾ってある大量のコマリングッズをすべて〝没収〟してしまったのである。曰《いわ》く、

「コマリ断ちが成功するまで返してあげなーい♡」

捨てないだけ慈悲はあるのかもしれない。

が、そんな慈悲など刺身の上に乗ってるタンポポ（？）くらいの意味しか持たない。

コマリ断ちっていつまで続くの？

このままだと干からびて死んじゃうけどヘルデウスさんはそれでもいいの？

「う……うぅぅうう……」

コマリニウムの供給を完全に断たれたサクナは、七紅府のテーブルに突っ伏してブツブツとお経のようにその名を唱えている。フラッシュバックみたいなものである。

「はあ……はあっ……コマリさんコマリさんコマリさん……」

「あの、メモワール閣下？　体調が優れないようならお休みしたほうが」

「コマリさんコマリさんコマリさんコマリさんッ……‼」

「ひぃいぃいっ⁉」

第六部隊の副将、バドワ・ガガーリン大尉。

巌《いわお》のように盛り上がった筋肉、子供が見たら一秒で号泣《ごうきゅう》するほどの眼力――かつて白極連邦《はっきょくれんぽう》との戦いで三百人抜きを達成した歴戦の猛者《もさ》であるが、そんな男であってもサクナ・メモワール七紅天大将軍の気迫には勝てなかった。

というか、第六部隊の連中はサクナのことを色々な意味で恐れている。

七紅天闘争が終わった後くらいは「美少女だから問題ナシ！」みたいなノリだったが、近頃はサクナの言動が奇妙すぎて引かれている節があった。

そんなことは大した問題ではない。

今はコマリのことで頭がいっぱいなのだ。サクナは机の引き出しを開けると、非常用に保存しておいたクッキーを取り出した。こないだコマリがお裾分けしてくれたやつである。

「最後の一個……いただきます……」

ぱくりと口に運ぶ。

とろけるようなコマリ味のクッキー。さくさく。甘い。美味《おい》しい。症状が和らいできた。頭がふわふわして幸せな気分――

ふう。

心がクリアになった。

ヘルデウスは「コマリにばかりかまけてないで働け」と言っている。

それは正しいのだ。いや、コマリを追いかけるのを否定されるのは不服だけれど、七紅天としての仕事はきちんとこなさなければならない。

それが孤児院のみんなのため。

憧れてくれる人に対する恩返しなのだから。

「――あらあらぁ？　どうやらコマリ断ちは順調みたいねぇ？」

執務室にメイジーが入ってきた。

バドワが「ベリーチェイス閣下！」と最敬礼をして出迎える。

それを見たメイジーが露骨に舌打ちをして、

「私はもう『閣下』じゃないって言ってんでしょ？　頭の切り替えができないの？――ああゴメンゴメン、できないわよね。あんたって脳まで筋肉のダルマさんだから」

「し、失礼いたしました。ベリーチェイス様……」

第六部隊の面々はメイジーがサクナの周りをうろついていることを知っている。

下剋上された前・七紅天に思うところがあるのか、誰もが腫《は》れ物にでも触れるかのような態度で接しているけれど。

「メイジーさん……コマリ断ちっていつまで続くんですか……？」

「私が『いい』と判断するまでよ」

無期懲役を味わっているような気分だった。

メイジーは「ふふん」と小馬鹿《こばか》にしたように笑い、

「まー頑張りなさいな。成功したらチョコレートあげるわよ？」

「コマリさんとチョコレートじゃ釣り合いがとれません……」

「いずれ取れるようになるわ。孤児院の仕事をしているうちにね――ああそうそう、明後日《あさって》は遠足だから参加してよね。サクナがいれば子供たちも喜ぶから」

「遠足？」

そういえば孤児院では定期的に皆で出かけるイベントがあるのだった。

サクナもヘルデウスに連れられてキャンプとかをした覚えがある。

が、明後日はちょっと都合が悪かった。

「ごめんなさい。その日は七紅天会議があるんです。帝都で発生している連続誘拐事件に関係する話し合いらしくて」

「ふぅん？」

メイジーは何かを考え、

「そーゆーことならしょうがないわねえ。七紅天の仕事を邪魔しちゃったら本末転倒だし──言っておくけどテラコマリに近づくんじゃないわよ？　約束を破ったら、あんたの脳髄《のうずい》をチョコレートにしちゃうぞ☆」

物騒な脅迫をしてメイジーは去っていった。

できればサクナも子供たちと遠足に行きたかった。

だが、今は彼らのためにも仕事に集中するべきだった。

☆

「──被害者は今月に入ってから四人。それも子供ばかりです。何が何でも解決しなければなりません」

フレーテ・マスカレールが忌々《いまいま》しそうに吐き捨てた。

ムルナイト宮殿、『血濡れの間』──その中央に置かれた円卓を囲むようにして、五人の吸血鬼たちが座っている。最近ムルナイトを騒がせている連続失踪《しっそう》事件について話し合うため、七紅天会議が招集されたのだ。ただしペトローズとヘルデウスは他の仕事が忙しいので不在。

サクナの隣ではコマリが腕を組んで真剣な表情をしている。

ああ。こんな近くにコマリさんが。かわいい。話したい──

いや、それどころじゃない。サクナは手の甲をつねって煩悩《ぼんのう》を振り払った。

フレーテの言葉を受けたデルピュネーが「そうだな」と頷き、

「犯人の正体は杳《よう》として知れない。魔法を用いた痕跡がなかったため、物理的な手段、あるいは烈核解放によって事件を起こしている可能性が高い。このまま私とフレーテで調査していても埒《らち》が明かないため、今日集まってもらった七紅天たちにも協力を仰《あお》ぎたいのだ」

「――あんたらの尻拭《しりぬぐ》いってわけ?」

サクナの隣（反対）に座っていた少女が口を開いた。

青髪の少女、ミリセント・ブルーナイト。

ナイフをくるくると器用にもてあそびながら、

「七紅天って情けないのねえ。そこらの犯罪者一人も捕まえることができないなんて」

ぶちん！――例によってフレーテのナニカが切れた。

口の端を震わせながら、それでも平静を保とうとして無理矢理作った笑顔。

「……本当は私もあなた方なんて頼りたくはありませんでしたわ?　もう少し時間があれば犯人を見つけるのも難しくありませんからね」

「口だけは達者みたいね」

ばん！――今度はフレーテの拳がテーブルをぶっ叩いた。

サクナとコマリは同時に「ひっ」と悲鳴を漏らして姿勢を正す。

「カレン様が『七紅天で協力しろ』と仰ったのですっ！　私とデルだけでも十分なのに！　カレン様は心配性なお方ですからっ！」

「あんたが頼りないから皇帝は別の七紅天を頼ったんじゃないの？」

「ッ……！　ええ、もちろん！　もちろん私が力不足だったことは認めますわっ！　だからといってあなたが私に無礼な態度をとっていい理由にはなりませんわよねっ⁉　私はあなたの先輩！　七紅天としてのキャリアも――ってこら、今鼻で笑いましたわね⁉」

フレーテ・マスカレールはミリセント・ブルーナイトと仲が悪い。

が、今回はミリセントが悪いように思えた。

怒りっぽい人間をいたずらに挑発するからこうなる。

隣のコマリが「どうしよう？　止めたほうがいいよね？」と小声で囁いてきた。

こんな状況なのに心臓がドキリとした。十秒ルールは今も有効だ。でもここにはメイジーもヘルデウスもいない――ちょっとくらい破っても罰は当たらないはずである。

「そ、そうですね。止めたほうがいいと思います」

「でも割って入ったら殺されそうだよな」

確かに。サクナも荒事は苦手な性格なので割り込む勇気が出なかった。

だいたい、この人たちは何をやっているのだろう？

もっと建設的な議論をするべきなのに。

「――あなたは態度がふざけているのですっ！　七紅天ならもっと七紅天に相応《ふさわ》しい言動を心がけるべきですわ！　七紅天とは国家の威信を背負った英雄であって――そのナイフをくるくるするのをやめなさい！　中二病ですかあなたは！」

「私はすでに動いているわ」

ミリセントがナイフをフレーテに向けて言った。

「このナイフ――直近の被害者が消えたと思しき場所に落ちていたの。犯人が使っていたモノの可能性が高いわ」

「なっ……それを早く言いなさい！」

「ふ。あんたに教えたところで状況が進展することはない」

いちいち煽《あお》らないでほしいとサクナは思う。

フレーテが顔を真《ま》っ赤《か》にしてレイピアの柄《つか》に手をかけているではないか。

ミリセントは構わずにナイフをくるくると回転させ、

「このナイフは非常に特殊な武器なのよ。まあ、簡単に言っちゃうと神具ね。私が持っている《銀滅刀《ぎんめつとう》》と似ているけれど、このナイフは普通じゃない」

そう言ってナイフを逆手に持ち替えると、
いきなり自分の左腕にぶっ刺した。

どよめきが広がる。コマリにいたっては「何やってんだよ⁉」と身を乗り出して心配していた。しかしミリセントは少しも痛がる様子を見せない。何故なら――

「――傷一つつかないのよ。どんなに力を込めて刺してもね」

「はあ？　魔法で防御してるんじゃありませんの？」

「魔力で分かるでしょうに。皇帝の見解では『使用者が限定されている神具』ってところらしいわね。そして研究所の調査によれば、このナイフは常世で発見された〝帯〟の切れ端と性質が酷似《こくじ》しているらしいわ」

フレーテがハッとしてコマリを見つめた。

「もしや――報告にあった殲滅外装？　ガンデスブラッドさんは常世で似たような武器を使う男と戦ったと聞きましたが」

「ルクシュミオの帯のこと？　あれは確かに特別な感じがしたけど」

「おそらく殲滅外装はオーダーメイドの神具ですわ。古《いにしえ》の武具製作方法にそういうものがありますから。所持者の血を登録することによって使用権を設定できるそうですが――今となっては失われた技術ですわね」

「あら、詳しいのね」

「マスカレール家は古文書を管理する役職を担《にな》ってきました。私設の図書館に保存されている文書にはだいたい目を通しておりますわ」

ミリセントは「ふ～ん」と興味なさそうにナイフを見つめ、

「ま、とにかくそういうことよ。特殊な武器を使うテロリストグループ――〝天文台〟が暗躍しているのかもね」

と、雑な感じに締めくくるのだった。

何だか途端にきな臭くなってきた気がする。

ヘルデウスは「他の愚者が復活しているかも」みたいなことを言っていた。

〝神殺しの塔〟で相対した愚者――リウ・ルクシュミオ。

瘴気《しょうき》というよく分からないエネルギーで強化されていたとはいえ、やつは六戦姫《ろくせんき》やスピカ・ラ・ジェミニが力を合わせなければ太刀《たち》打ちできないほど強力なバケモノだった。

あんな恐ろしいやつの仲間が帝都に潜んでいるとなると――

早急に見つけ出して殺さなければならない。

「天文台の危険性はカレン様から聞いておりますわ。早急に見つけ出して捕まえなければなりませんわね」

「どうやって捕まえるんだ？　そのナイフだって罠《わな》かもしれないぞ？」

「ガンデスブラッドさんのくせに鋭いですわね」

「私はいつでもウニのトゲのように鋭い」

「相変わらず頓珍漢《とんちんかん》なことを……とにかく作戦はこれから考えますわ。敵が天文台であるならばヘブン様とも協力したほうがスムーズに進むでしょうし」

あーでもないこーでもないと議論が始まる。

サクナはそれを静観しながら孤児院のことを考えていた。ターゲットは何故か子供にシフトしているという話だから、あの子たちの安全を確保しておく必要がある。

その時、ポケットの通信用鉱石が光を発した。

いつでも連絡が取れるようにとヌーナから預かったものだ。

この場で出るのはちょっと憚《はばか》られたが、どうせ今後の方針はフレーテが勝手に決めてしまうのだ。ちょうどいい機会だからヌーナにも注意を呼びかけておこう――そう思って通信用鉱石に魔力を込めた瞬間、

『…――クナ……――サクナ――!』

「ヌーナ？　どうしたの？」

『――……けて』

切迫した声。

サクナの頬を冷や汗が伝っていく。

『助けて……――!!　孤児院のみんなが…――』

「ヌーナ!?　いったい何が――」

『――サクナ・メモワールだな？』

男の声が聞こえてきた。

一瞬頭がフリーズ。誰何《すいか》するより先に男が早口で言った。

『ヘブン教会のガキどもは預かった。このことは絶対誰にも話すな。話したらこいつらの命はない』

かすかな悲鳴が聞こえた。男の近くには子供たちがいる。

フレーテが「メモワールさん？」と怪訝《けげん》な目で見つめてきた。

「会議中に通話とはいい度胸ですわねぇ？　状況を分かっていますの？」

「ごめんなさい！　ちょっとお腹《なか》が痛いので失礼しますっ」

「あ、こら――」

サクナは大慌《おおあわ》てで『血濡れの間』を飛び出した。

廊下を走りながら通信用鉱石に向かって叫ぶ。

「あなたは誰ですか⁉　孤児院のみんなに何をしたんですか……⁉」

『俺《おれ》を知らないのか？　この声を聞いて分からない？』

「知りません！　あなたみたいな人のことは……」

鉱石の向こうで爆笑する気配がした。

『なるほどなあ。眼中にすらないってわけか。いいよ、教えてやるよ、どうせ俺のことは意識せざるを得なくなるんだからな。俺は第六部隊に所属していたガレットってもんだ。名前くらいは聞いたことあるだろ？』

ガレット。確かに第六部隊にはそんな吸血鬼が所属していた気がする。

ぎらぎらした目と痩《や》せぎすの体軀《たいく》が特徴的な男だ。

「し、七紅天として命じます！　今すぐみんなを解放して七紅府に出頭してください！」

『やなこった』

鼻で笑われる気配。

『俺は帝国軍を抜けたんだ。お前に従う義理はない』

「私に何か恨みがあるのですか……？」

『恨み？　もちろんあるとも！　俺を差し置いて七紅天に任命された時は腸《はらわた》が煮えくり返ると思ったぜ——だがそういう些事《さじ》はどうでもよくなった！　俺は崇高な使命に目覚めたのさ！　秩序を乱す者には容赦をしない！』

秩序。そのワードには不穏な響きがあった。

『お前は六国の秩序を乱す可能性があるらしいんだ。だから俺がお前を殺す。過去の清算も兼ねてな』

「子供たちは人質ということですか……？」

『そうだ。今から一人でラ＝ネリエント街の廃城まで来いよ。無視したり誰かに話したりしたらガキどもの命は——』

「殺す」

サクナは冷ややかな声で告げた。

鉱石の向こうで息を呑《の》む気配がした。

「私がこの手であなたを殺します。容赦はしません」

『ひ――ひゃははは！　そうでなくっちゃな！』

「待っててくださいね。今すぐそっちに行きますから」

『もたもたすんなよ？　十分おきに一人ずつ殺』

ブチッ。通話を切った。

サクナは深呼吸をしてから再び走り出す。

何故こんなにも世界は醜いのだろうか。

オディロン・メタル然《しか》り、星砦《ほしとりで》の殺人鬼ども然り、やつらはサクナとサクナの周りの大切な人に危害を加えようとする。悪びれる様子は一切《いっさい》なく、目的を達成するための手段として無慈悲に他人を傷つけていく。

そんな世界は変革しなければならない。

コマリがそうしているように。

「！」

今度は別の通信用鉱石が光を発した。

メイジーから連絡が入ったのだ。サクナは立ち止まって鉱石を見つめる。あのゴスロリ吸血鬼は何をしているのだろうか。ちょっと心配しながら魔力を込めて応じてみた。

『サクナ？　状況は分かってると思うけど――』

いつものように甘ったるい雰囲気ではなかった。

この人も孤児院のことが大事なのだ。

☆

ガレットという男はムルナイト帝国軍第六部隊に所属していた。

ずる賢く、野心家で、いつかメイジー・ベリーチェイスを罠にハメて打ち倒し、七紅天の座を奪ってやろうと思っていた。借金をして大量の魔法石を購入し、下剋上するのにもっとも適したタイミングを虎視眈々《こしたんたん》と待っていたのである――しかし突如として現れた銀髪の少女がすべてを台無しにした。

サクナ・メモワール。

彼女はメイジーを呆気《あっけ》なく打ち倒し、七紅天大将軍に就任してしまった。

しかも何らかの手段でガレットを洗脳したらしく、気づいた時にはメイジー殺害のために用意した魔法石をエンタメ戦争で使わされていた。

暗殺を試みたことは何度かあった。しかしサクナは想像以上に隙《すき》がなく、真正面から仕掛けても返り討ちにされるのが関の山。だからこの一年間、ずーっとサクナのことをストーキングして、彼女が弱みを曝《さら》け出す瞬間を待っていた。

ところが、そんなガレットの前に一人の少女が現れる――

もちろん〝天文台〟の愚者01《ゼロイチ》‐ララ・ダガーだ。

「――切った！　あいつ切った！　俺が話してたのに！」

ラ＝ネリエント街の廃城――かつてテラコマリ・ガンデスブラッドとミリセント・ブルーナイトが死闘を繰り広げた地下の教会。

痩せぎすの男、ガレットが通信用鉱石を床に叩きつけた。

壁際《かべぎわ》では縄で拘束されたヘブン教会の子供たちが身を寄せ合っている。

人数は三人。本当はもう少し確保しておきたかったが、遠足か何かのイベントがあったらしく、教会に残っていた人数はこれだけだった。

「くそ……サクナ・メモワール……！　あいつは自分の立場が分かってないんだ！　俺がちょっと手を動かせばガキどもはあの世行きだってのに……！」

ガレットは包丁を握りしめて人質に近づいていく。

一人くらい殺しても問題ないだろう。

サクナ・メモワールが舐《な》めた態度をとっているのが悪いのだ。

「や、やめて……！」

狸みたいな小娘が涙目で懇願《こんがん》してきた。

他の二人を庇《かば》うようにしてガレットを見上げている。

先ほどはこいつの通信用鉱石を利用してサクナ・メモワールを脅迫したのだ。

「これから三人のうち誰かを殺そうと思う」

「そ、それ神具……？　そんなことしたら本当に……」

「ひゃははは！　本当に死ぬからスリルがあるんだろ！　どれにしようかな～、どれにしようかな～、やっぱり狸を殺すのがいちばん効くかなぁ～」

「――そういうのは感心しませんね」

冷ややかな声がかかった。

教会の長椅子《ながいす》に座って紅茶を飲んでいる少女が一人。

色素の薄い金色のロングヘアーが燭台《しょくだい》の明かりを受けて輝いている。服装はやけに露出の多いゴシック衣装。年の頃はサクナ・メモワールとあまり変わらないように見えるが、その実年齢が六百歳を超えていることをガレットはよく知っていた。

「す、すみませんララ様！　冗談です！　ガキどもは殺しませんよぉ！」

「けっこう。子供たちは鄭重《ていちょう》に扱うように」

「はいっ!!」

少女の名はララ・ダガー。

天文台の愚者01。ガレットに道を示してくれた恩人でもある。

彼女は突然目の前に現れ、「私の大業を手伝っていただけませんか」と誘ってくれた。

おかげでガレットは秩序の戦士として目覚めることができたのだ。

「――ガレットさん、我々天文台がどうして帝都で誘拐騒ぎを起こしているのか分かっていますか？」

「それはもちろん！　仲間を増やすためですよねっ？」

「そうですね。天文台の愚者は六人――いえ、今は五人しか存在しません。さらにそのうち三人は未だ眠りについている。それでは《称極碑《しょうきょくひ》》に浮かび上がった破壊者をすべて処分するには足りないのです。現代の破壊者は過去のそれよりも少々強力であるゆえ」

帝都で発生していた連続誘拐事件――

それはララの命令を受けたガレットが引き起こしていたのだ。

目的は「次の愚者に相応しい人間を捜すこと」。

愚者04《ゼロヨン》・リウ・ルクシュミオが再起不能となってしまったため、彼が持っていた殲滅《せんめつ》外装を継承できる人間を求めているのだ。今のところ殲滅外装04‐《縛《バク》》に適合する者は見つかっていないけれど。

「そちらのお三方もダメでしたね。純粋な子供のほうが適合しやすいかと思ったのですが

――やはり銀盤《インセイント》はルクシュミオさんにしか使えないよう設定したのかもしれません」

「えっとぉ、ちなみにそのルクシュミオ様って今どうしてるんですか?」

「ふふ。どうしているのでしょうね」

ララは不敵に笑って紅茶を口に含んだ。そのミステリアスな雰囲気がたまらなかった。自分は世界を守るために暗躍するダークヒーローなのだ――そういう子供じみた高揚感《こうようかん》がガレットの中で膨れ上がっていく。

「とにかく子供たちは解放すること。我々は秩序の守護者であって破壊者ではありません。罪のない人間に危害を加えることは許されないのです」

「記憶を消して返せってわけですかぁ?」

「はい。記憶消去の魔法石はありますよね」

「そりゃ、ありますけど……解放するのは今すぐじゃなくてもいいですよね?」

ララは「はあ」と溜息を吐いた。

「サクナ・メモワールですか。随分とご執心のようで」

「そりゃそうですよぉ!　やっぱり俗世にいた頃のしがらみにはケジメをつけておきたいですからね!　誘拐のついでにサクナ・メモワールをぶっ殺してやりますよっ!」

「そうですね。それは天文台の大事な仕事です。あの女の子は《称極碑》に名前が浮かんでいない――しかしテラコマリ・ガンデスブラッドの仲間は処分しておくのがよいでしょう」

ララは紅茶のカップを椅子《いす》に置くと、「よっこらしょ」と呟《つぶや》いて立ち上がり、

「後はご自由に。次の誘拐計画も練っておいてくださいね」

「承知しました！　サクナ・メモワールをぶっ殺した後に考えますわ！」

「けっこう」

それだけ言って闇《やみ》の奥へと消えていく。

残されたガレットはニヤリと口の端を歪《ゆが》めた。

信頼してくれているのだ。ガレットならサクナ・メモワールに勝てると。

殺そう。必ず殺そう。秩序の害となる者は――

「――よし！　狸！　まずはお前を切り刻んでやるよ！」

「な、なんで……!?　さっきの人は殺すなって言ってたじゃん！」

「ララ様のことかぁ？」

ガレットはきょろきょろと辺りの様子をうかがった。

すでにララ・ダガーの気配は完全に消えている。

「いいんだよ別に！　ご本人が見てないんだから！　俺の目的はなあ、もちろんララ様に従って世界の秩序を守ることだ！　でもな、やっぱりサクナ・メモワールを絶望させることも重要なんだよ！　そうしないと俺は本当の意味での秩序の守護者になれないんだ！」

「何を言ってるの……？」

「凡人には分からないだろうな！　だが分からなくていい！　ダークヒーローってのは誰にも理解されない孤独な存在なんだ！」

包丁をぎゅっと握りしめた。ガキどもが悲鳴をあげてジタバタ暴れる。しかし彼らの手足はロープで強固に縛られているため、天変地異でも起きない限り逃げることはできない。

狸が「サクナぁ！　助けて！」と叫んだ。

こいつにとってのヒーローはサクナ・メモワール。

怒りが沸々と湧《わ》いてくる。あいつはガレットから七紅天の座を奪った吸血鬼なのだ。秩序を揺るがすテロリストだったくせに何故か許されている殺人鬼なのだ。

サクナ・メモワールを絶望させてやらなければならない。

そのためなら手段を選んでいる暇はない。

「ひゃはは！　死ねぇい！」

ガレットは勢いよく包丁を振り下ろす。

子供たちは恐怖に身体を震わせて目を閉じた。

まずは腕を斬り落としてやろう。

そう思って力を込めた瞬間、

「あ？」

途方もない違和感。

ガレットは糸で引っ張られたように視線を上に向けた。見覚えのある右腕がくるくると宙を舞っていた。狸のものではない——その右腕は何故かガレットが持っていたはずの包丁を握りしめている。

「ちょ……ちょっと待てよ⁉　いったい何がどうなって」

「あなたが犯人？」

どさり。切断されたガレットの右腕が床に落ちるのと同時、魂をも凍てつかせるような声が鼓膜を震わせた。

ゆっくりと、ゆっくりと振り返る。

教会の入口付近——そこには白い幽鬼が立っていた。

凍てつく魔力。針のように鋭い視線。その手に握られているのはマジックステッキだ——あそこから氷の刃が射出されてガレットの腕を斬り飛ばしたに違いなかった。

ガレットは堪《こら》えきれずにその名を叫んだ。

「サクナ・メモワールゥウウウウウウウ——————ッ‼」

子供たちが歓喜の声をあげる。

ガレットが大慌てで新しい包丁を取り出そうとした瞬間、サクナ・メモワールが殺気をほとばしらせて襲いかかってきた。

☆

ヘブン教会の面々はメイジーに引率されて遠足に行っていた。

だが、個人の事情で外に出られない子もいる。そういう子は孤児院でお留守番をすることになるため、ヘブン夫人（ヘルデウスの妻）とヌーナで面倒をみることになっていた。

その隙を狙った不埒者《ふらち》——それがガレットだった。

サクナが必ず殺さなければならない相手。

「よくも俺の右腕を……！　てめえも同じ目に遭わせてやるッ！」

シンプルな軌道で包丁が振るわれた。

似たような武器を二つも持っていたらしい。

だが避《よ》ける必要もない。サクナは掌《てのひら》を包丁に向かってかざすと——

そのまま何の躊躇《ためら》いもなく素手で受け止めた。

「ひゃはは！　馬鹿《ばか》かお前————え？」

ガレットの表情が固まる。サクナの指先からあふれた冷気が包丁を伝い、ガレットの手首を一瞬にして氷結させてしまったのだ。

「んなッ——馬鹿な⁉」

「じゃま」

ぱきぃいいいいいいいいん――‼

包丁を握りしめたガレットの左腕がいとも容易《たやす》く砕けてしまった。

氷の粒がきらきらと飛び散る。聞くに堪えない絶叫がとどろく。

それでもガレットは闘志を失っていない。咄嗟《とっさ》に身を翻《ひるがえ》してわずかに間合いを設けると、今度は目にもとまらぬ速度で回し蹴《げ》りを放ってきた。

「くたばれやあああああああ‼」

衝撃。

靴先がサクナの頬に叩きつけられていた。

「ひゃははは‼　ざまあみろ‼　すましたツラを粉々にしてやったぜぇ‼」

「粉々？　何かしたの？」

「なっ……」

ガレットの表情が驚愕《きょうがく》に歪んだ。

痛くも痒《かゆ》くもなかった。そもそも蒼玉種《そうぎょく》は鋼《はがね》のように硬質な肉体を誇る種族だ。その程度の物理攻撃が通用するはずもなかったし、最近のサクナは氷結魔法によるオート防御システムも構築している。意識の外から攻撃されてもダメージを受けることは一切《いっさい》ない。

「ふ……ふざけんな！　何なんだよテメエは！」

ガレットが這いつくばりながら後退した。

両腕を失ったのに。しぶといやつだ。

「――ねえ、ヌーナたちに何をしたの？　どうしてこんなところに連れてきたの？」

「こ、こいつらは天文台の生贄《いけにえ》だ！　ララ様のお眼鏡には適わなかったようだがなあ！」

「天文台？　やっぱりあなたは愚者の仲間なの？」

「そうさ！　俺は崇高なる天文台のしもべ！　この世界の秩序を守るために戦っている正義のヒーローなんだよ！」

「そっか。じゃあ殺して記憶を引きずり出さなきゃね」

サクナはマジックステッキを構えて突撃した。

この距離なら魔法を放つよりも殴り殺すほうが早い。

そう思ってステッキを振りかぶった瞬間――

「アホが！　お見通しなんだよ！」

ガレットが後退しながら二つの魔法石を蹴り飛ばしてきた。

あの模様は――おそらくどちらも【小爆発】。

すでに魔力の装填が完了している。避けることはできない。しかし爆破《ばくは》させればヌーナたちにも被害が及んでしまう――サクナはマジックステッキを床に落とすと、両手にありったけの魔力を集中させて、

二つの魔法石を素手でつかみとった。

「は――？」

握《にぎ》り拳の内側で激烈な衝撃。

しかしそれだけだった。氷でコーティングされた掌は爆発のエネルギーをすべて吸収。さすがにちょっと火傷《やけど》してしまったが、こんなのは一日もすれば魔核で治ってしまう。

ガレットが半狂乱になって叫んだ。

「――で、デタラメすぎんだろ⁉　お前をぶっ殺すために色々準備してきたってのに！」

「私だって準備してました。コマリさんの力になれるように……」

「俺のほうが準備してた‼　ずっとお前を尾行して弱点を探ってたんだよッ‼　朝も昼も夜も――それなのに、それなのにっ」

「ストーカーですか？　そういうのはよくないと思います」

「がはッ」

拳が顔面に突き刺さり、ガレットの身体が背後に吹っ飛んでいった。

ヌーナたちが「サクナ頑張れー！」と絶叫している。

その期待に応えなければならなかった。

「て、てめえええええ‼　よくもやってくれたなあああああ‼」

「諦《あきら》めてください。あなたに勝ち目はありません」

「許さねえ……許さねえ……秩序の破壊者は俺が全員ブッ殺す‼　お前を殺せばララ様から褒

めてもらえるんだッ……!!」

ガレットが魔力を練ってバネのように飛び上がった。

そのまま襲いかかってくるのかと思ったが――意外なことにガレットは縛られて身動きがとれないヌーナたちの近くに着地して、

「こいつらは人質でもある！　そうだ、そうだよ、こいつらがいる限り俺が負けるなんてありえないんだ！　おいサクナ・メモワール！　ガキどもの命が惜しければ首を刎《は》ねて自害しやがれ！」

「サクナ……！」

「残念だったなあ！　人は守るモノがあるから弱くなるんだよッ！」

太腿《ふともも》に挟んだナイフをヌーナの首筋に突きつけていた。

滑稽《こっけい》な恰好《かっこう》だが、少しでも動かせばヌーナの喉笛《のどぶえ》は掻《か》き切られることになる。

あれが神具でないという保証もないため、下手に動くことはできない――

いや。問題ない。

サクナは躊躇《ちゅうちょ》なく走り出していた。

「――はあ⁉　てめえ、このガキがどうなってもいいのかよ⁉」

「よくありません。だから万全を期すのです」

「何を言って――あ」

ガレットの周囲でぬらぬらとした液状の何かが揺らめいていた。

教会に甘ったるいにおいが充満していく。

それは――溶けかけたチョコレート。

ナイフはすでに絡《から》めとられている。ガレットの全身もどろどろの沼に沈んでいく。チョコに足首を握り潰《つぶ》され、ガレットは悲鳴をあげながら床に滑り込んだ。

「――きゃははは！　私のチョコのお味はどう？　食べたら死んじゃうけどねぇ」

「お前は……メイジー・ベリーチェイス……⁉」

教会の入口にメイジーが立っていた。

人を食ったような笑みを浮かべ、魔力で発光するピンク傘をガレットに向けている。あのチョコレートはメイジーが得意とする特級貯古《ちょこ》魔法・【メルトダウン】に他ならない。サクナは最初から一人で戦うつもりなんてなかったのだ。

「ほらサクナ、遠慮せずやっちゃえ」

メイジーが傘を振って促した。

ヌーナたちがまっすぐこちらを見つめている。

サクナ・メモワールがやるべきこと――それは孤児院の先輩として、帝国最強の七紅天の一角として、彼らの身の安全を守ることに他ならなかった。

メイジーがお膳《ぜん》立《だ》てしてくれたのだから、躊躇《ためら》う必要はどこにもなかった。

「ひ、一人で来いって言ったのに！　ルールを破るなんて卑怯《ひきょう》だろ⁉」

「あなたのほうが卑怯です」

サクナはマジックステッキを構え直すと――

チョコレートで身動きがとれないガレットに向かって振り下ろした。

頭蓋骨《ずがいこつ》が粉々に砕けて中身がぶちまけられる。

※

六国新聞　5月30日　朝刊
『犯人確保　サクナ・メモワール閣下お手柄
【帝都――メルカ・ティアーノ】帝都で誘拐事件を引き起こしたとして、帝国軍第六部隊所属のマーズ・ガレット容疑者（25）を諸々の容疑で現行犯逮捕していたことが七紅府への取材で明らかになった。ガレット容疑者は特殊な神具と魔法を用いて誘拐を繰り返しており、ここ二週間ほどはターゲットを子供にしぼって犯行を重ねていたという。……（中略）……帝都の廃城に立てこもった容疑者に対し、たった一人で突撃して人質を奪還したのはサクナ・メモワール七紅天大将軍閣下。帝都に漂っていた不穏な空気を一挙に振り払った形となり、ムルナイトの各地ではその活躍を讃《たた》えて〝サクナコール〟が響いている。今まであまり注目されてこなかったメモワール閣下だが、今後どのような活躍をするのか見守ってゆきたい。』

☆

廃城での騒動から一週間が経った。

世界は夏に向けて急転直下。帝都に降りそそぐ日差しも日増しに強くなってきている。今年もコマリさんと海に行けたらいいな——サクナはそんなふうに淡い期待を抱きながらヘブン教会の中庭へと目をやった。

子供たちが大騒ぎをしている。

その中心で揉《も》みくちゃにされているのは、彼らとそんなに身長が変わらない吸血鬼——テラコマリ・ガンデスブラッドだ。サクナが孤児院に通っていると知ったコマリは、休日返上でわざわざ遊びに来てくれたのだ。曰く、「サクナのことがもっと知りたいから」。それを聞いた時コマリニウムの過剰摂取で蒸発するかと思った。

「こ、こら！　私は一人なんだ！　そんなに引っ張られても困る！」

「コマリン！」「コマリン！」「すごい魔法見せて！」「このボール捻《ひね》り潰してみて！」——やっぱりコマリも大人気だった。新聞でしか見ることができない英雄がやってきたのだから無理もない。一瞬のスキに帽子を奪われたコマリが「返せー！」と子供たちを追いかけ始めた。それからは賑やかな鬼ごっこが開幕する。

「――お手柄でしたな。これで天文台の活動が明らかになりました」

中庭の片隅に設置されたテーブル。

サクナとヘルデウス、そしてメイジーは紅茶を飲みながらコマリと子供たちの攻防を見守っていた。

「主犯はララ・ダガーという吸血鬼で間違いないのですね？」

「はい。記憶を読みましたから――」

ヘルデウスは「なるほど」と腕を組んで溜息を吐く。

サクナとメイジーは力を合わせてガレットを捕まえた。そして烈核解放・【アステリズムの廻転】を発動することにより、ガレットの背後に隠れている真犯人を探ったのだ。その結果、ゴシック風の衣装に身を包んだ小さな吸血鬼の姿が浮かび上がった。

愚者01‐ララ・ダガー。

ムルナイト帝国の魔核から解き放たれた吸血鬼である。

今はどこに潜んでいるのか分からないが、帝国政府は彼女を指名手配して大捜索を行っている。誘拐事件が発生した現場に落ちていたナイフも彼女の殲滅外装に違いないという結論に達した。

「ムカつくわ。絶対挑発よねえ」

「挑発？　どういうことですか？」

メイジーが紅茶にチョコレートを投入しながら、

「――普通は証拠になりそうな武器を落としたりしない。ガレットみたいに無思慮なバカを手駒にしているのだって変。そのララ・ダガーってやつはこっちにアピールしてんのよ。お前らなんて天文台の相手にもならないぞ、ってね」

「ふむ。そう考えてみると挑発のように思えますな」

ララ・ダガーの顔を知っているのはサクナだけだ。

確かにあの少女は得体《えたい》の知れない感じがした。

不敵な笑み、余裕のある立ち居振る舞い、そして何より「01」という識別番号を使っているという事実（ガレットの記憶によればこの数字は偉さと強さを表しているらしい）。

一筋縄ではいかない相手に決まっていた。

「――まあ、その辺りのことは帝国軍で調査を継続します。今は誘拐事件が解決したことを喜んでおきましょう」

「呑気《のんき》ねえ。ヘブン様がそう仰るのなら文句は言わないけどぉ」

「はっはっは！　呑気に構えているくらいがちょうどよいのです！　気を張りすぎると疲れてしまいますからね――あなたも子供たちと遊んできたらどうですか」

「やだやだ。そっちのほうが疲れるわ～」

庭では未だに鬼ごっこが繰り広げられていた。

メイドのヴィルヘイズは子供たちと一緒になってコマリの帽子をリレーしている。

コマリさんが可哀想。私だったらもっと優しく接してあげるのに――そんな感じでウズウズした気分を味わっていると、ヘルデウスが「サクナ」と真面目《まじめ》な顔で視線を向けてきた。

「孤児院に平和が戻ってきたのは、あなたのおかげですね」

誘拐された三人は全員無事だった。

特にヌーナはこの事件がきっかけで帝国軍への憧れをいっそう強めたようで、何度も「強くなる方法を教えて！」とサクナに頼み込んできている。また七紅府を見学させてあげるのもいいかもしれない。

「――身体が勝手に動いていただけです。あの子たちのことが心配だったから」

「それがサクナの強さですね。彼らを守ってくれて本当にありがとうございました。とても立派な活躍でしたよ。そしてこれはベリーチェイス殿が望んでいたことでもあるのです」

「メイジーさんが？」

対面で紅茶を飲んでいるゴスロリ少女を見た。

メイジーは「何で言うんだ」みたいな顔をしていたが、カップをテーブルの上に置くと、

「……コマリ断ちもそういう目的だったのよ」

「えっと……話がよく分からないのですが……」

「あんたは私を殺して七紅天になった憎たらしい吸血鬼なのよ？　将軍としてきちんと目立ってもらわなくちゃ私の立つ瀬もないわ。だのにあんたはテラコマリにかまけて腑《ふ》抜けていた。あの吸血鬼は太陽みたいに眩《まぶ》しいから、一緒にいると脇役《わきやく》に徹してしまうのよ」

だからコマリ断ちを強要してきたのか。

確かに――コマリはいわゆる主人公属性を持っている。

あの子が力を発揮《はっき》できるように頑張ろうという気持ちが湧いてくる。

しかしそれはメイジーの望むところではなかったのだ。

「ヴィルヘイズやアイラン・リンズのような生き方もいいけれど、あんたは私を殺した七紅天でしょ？　死ぬ気で上を目指してもらわなきゃ困るのよ――いつか下剋上をやり返してやる予定だからねえ」

「ベリーチェイス殿はサクナを買っているのですよ。あなたがいなければ世界は守れない。これからも七紅天として頑張ってくださいね」

「は、はい……！」

コマリ断ちと誘拐事件を通してサクナの心は少し変化した。

孤児院の子たちのために仕事を頑張ろう、そういう気持ちが芽生えたのである。星砦や天文台、逆さ月――この世にはたくさんの悪党が蔓延《はびこ》っている。コマリは最強無敵の覇者だが、すべてをカバーしきれるわけもない。サクナも誰かを守るために自分の意志で立ち上がる必要があるのだ。

「――サクナぁあ！　手伝ってくれ！　私一人じゃ手に負えない！」

コマリの呼び声が聞こえた。

子供たちに群がられて対応に四苦八苦している。

サクナは思わずメイジーのほうを振り返った。

「あの。コマリ断ちは……」

「勝手にすれば？　七紅天の仕事を疎《おろそ》かにするなら話は別だけどねっ♪」

思わず笑みがこぼれてしまった。

ついにコマ活が解禁されたのだ。

これからは思う存分コマリさんに接することができる――

「コマリさん！　今行きますからね！」

「助かった……！　四方八方から引っ張られて身体がバラバラになりそうだったんだ！」

「ほら駄目だよみんな！　コマリさんで遊びたい人は順番を守らなくちゃ！」

「そうだぞ――ん？　あれ？　何で抱きしめてくるの……？」

背後でメイジーが溜息を吐いたような気がした。

帽子を奪って喜んでいたヴィルヘイズが「メモワール殿!?」と大慌てで駆け寄ってくる。

構うものか。七紅天の仕事も孤児院の仕事もきちんとやる、そして合間合間でコマリを愛でる。それこそサクナ・メモワールがやるべき使命なのだから。

子供たちはサクナが来たことで大喜びだ。

コマリもなんだかんだ言って楽しそうである。

その笑顔のためならいくらでも頑張ろう――そんなふうに気を引き締めながらサクナは久々のコマリニウムを摂取するのだった。

ひ

[0]　えぴろーぐ

Hikikomari the Vampire Countess no Monmon

核領域・北部。

冬は身も心も凍るような寒風が吹きすさぶが、夏の足音が聞こえてきた今、白極連邦《はっきょくれんぽう》周辺もヌクヌクとした空気に包まれている。

　こういう時期はプロヘリヤ・ズタズタスキーの活動が活発化するのだ。

彼女の側近として随行する少女、ピトリナ・シェレーピナは最近思う。

それにしてもこの人、やっぱり働きすぎじゃね？——と。

「——わっはっはっは！　思い知ったか！　これが白極連邦最強の六凍梁《ろくとうりょう》プロヘリヤ・ズタズタスキー閣下の実力だ！　我が銃弾の前ではすべてが無力！　アルカの鉄錆《てつさび》どもは迅速《じんそく》に帰宅してボードゲームにでも精を出していればよい！」

うおおおおおおおおおおおおおおおおぉぉぉぉぉ——————!!

ズタズタ閣下!!　ズタズタ閣下!!　ズタズタ閣下!!

部下の蒼玉《そうぎょく》たちが大声援を送っている。

どこぞの第七部隊を彷彿《ほうふつ》とさせる光景だが、プロヘリヤの隊はああいう野蛮な連中とは一線を画する。報連相《ほうれんそう》や上意下達《じょういかたつ》が徹底されているし、一人一人が武力と知力を兼ね備えた精強なる兵士、吸血鬼どもとは比較にならない。一回ピトリナが指揮した時は負けたけど、あんなのはマグレだ。

「さあ！　次なる戦場へ向かおうではないか！　近頃《ちかごろ》はラペリコ王国が勢いづいていると聞くが、ならばその出鼻を挫《くじ》いてやるのが我々のお仕事だ！　親愛なる蒼玉たちよ、敵どもをズタズタにする準備はできているかぁ――!?」

うおおおおおおおおおおおおおおおぉぉぉぉぉぉ――――――!!

ズタズタ閣下!!　ズタズタ閣下!!　ズタズタ閣下!!

ピトリナはズタズタコールを受けて大笑いしているプロヘリヤをチラ見した。

やっぱりこの人は働きすぎだ。自分がちゃんと注意してあげなければ。

「――失礼ですがプロヘリヤ様。そろそろお休みになられたほうがよろしいかと思います」

「休み？　私に休めと言うのかね？」

「単なる提案であります。近頃のプロヘリヤ様は国家のために身を削りすぎている感があります。頑張りすぎればお身体《からだ》に障《さわ》りますよ」

「ふっ。それはありえない」

プロヘリヤは魔法で銃を亜空間に収納しながら言った。

「私は風邪《かぜ》をひいたことがないからな。これからもひくことはないだろう」

「しかし……」

「行くぞ。我々を待っている者のためにも」

プロヘリヤの仕事は戦争だけではない。

統括府《とうかつふ》では書記長を相手に色々と政策の提案をしている。ピアノの先生も未《いま》だに続けているし、〝荒野に緑を増やす会〟の活動にも余念がない。それどころか最近は「一般的な生活を知っておく必要がある」などと言って飲食店でアルバイトを始めたらしい。

彼女のポテンシャルが高いのは認めるが、そんなに働く必要がどこにあるというのか。

書記長はしばしばプロヘリヤを評してこう言う――「あの子は正義の味方に憧《あこが》れているんだよ」。それが何を意味するのか、ピトリナには未だに分からない。

「プロヘリヤ様。何を急いでいるのですか」

「む……」

プロヘリヤが立ち止まった。

ピトリナのほうを振り返らずに呟《つぶや》く。

「……努力は大事だ。いざという時に役に立つ」

「それは誤魔化《ごまか》しであります。私にも分かるように教えていただければと」

「分かる必要はない。だが敢《あ》えて言葉にするならば――」

その横顔に影が差したような気がした。

あまりにも意外だったので何度か瞬いてしまった。

あの最強の六凍梁から、春に消えゆく雪のような儚さが感じられたのだ。

「私は忘れられるのが怖いのだろうな」

「は？　忘れ……？」

「何でもない。それこそ忘れたまえ」

「あ、待ってください」

プロヘリヤは踵《きびす》を返して戦場を後にした。

ピトリナはその背中を必死で追いかけることしかできない。

この少女にも何か抱えているモノがある。

ならばそれを破壊してやるのが側近としての役目だ。

そんな感じで意志を固めた時、プロヘリヤがにわかに通信用鉱石を取り出した。どこからか連絡が入ったらしい。その嫌そうな顔から察するに、相手は十中八九書記長だろう。

「もしもしこちらプロヘリヤ現在お取込み中なので日を改めてご連絡ください」

『悪いがそれはできない。火急の用件があるんだ』

やはり書記長だった。

火急とは思えぬほどゆったりした口調である。

「何ですか？　くだらぬことだったら切りますよ」

『きみを暗殺しようとしていた者がいただろう』

「ああ、天文台の愚者05《ゼロゴ》でしたか。極秘裏に捕らえられたと聞きましたが」

「……すみませんプロヘリヤ様。何の話でしょうか」

『お？　そこにいるのはピトリナかね？　ちょうどいい、連邦保安委員会にも共有する予定だから聞いておいてくれたまえ』

連邦保安委員会とは、ピトリナが所属しているスパイ組織のことである。

それはともかく話の続きが気になって仕方なかった。

『先日、プロヘリヤが乗るはずだった馬車が爆破されたことは知っているだろう』

「はい。許せません。よくもお姉さまを……」

『その犯人が昨日捕まったのだよ。やつは自ら『天文台の愚者05』を名乗った。愚者は魔核に傷がつくと覚醒する――思い返してみれば、常世《とこよ》に捜索隊を派遣する際、我々の魔核には軽微な損傷を加えた。その際に目覚めてしまったのだろう』

そうだ。常世への扉を開くために《氷花箏《ひょうかそう》》には意図的な傷をつけた。大したダメージではないので魔核としての機能は問題なく保《たも》っているけれど。

『天文台の愚者というのは常世で暴れたリウ・ルクシュミオの仲間だが、やつらは秩序を侵す〝破壊者〟の殺害を目的としているらしい。プロヘリヤもそれに数えられているようだな。だから命を狙われている』

「迷惑な話ですな」

「しかし捕まったのですよね。これから拷問して情報を引き出せばよいと思います」

『それを連邦保安委員会に頼もうと思っていたのだ。愚者05を捕らえたことは他国にも知らせていないから、白極連邦だけが天文台や殲滅外装《せんめつがいそう》の秘密を握れるはずだった』

「だった？」

『逃げられてしまったのだよ』

「……………」

プロヘリヤの目つきが鋭くなった。ああ。怒っている。

『牢獄に施された幾重もの封印魔法を突破された。我々はやつらの殲滅外装を侮《あなど》っていたようだな』

「書記長。天文台が法外の力を持っていることは報告したはずですが？」

『そうだ。だから早急に捕縛しなければならない』

「だから！　そうならないように万全を期さねばならなかったのですっ！」

『悪かった。だが過ぎたことを言っても仕方がないだろう』

「分かっております。……で、書記長殿は私に何をさせるつもりなのですかな」

『幸いなことに愚者は魔法に対する警戒心が薄いようだ。探知魔法によれば、やつはムルナイト帝国へ向かったらしい。すでに目覚めていると思《おぼ》しき愚者01と合流するのが目的かもしれない』

「ムルナイトに行けと？」

『その通りだ。エンタメ戦争の予定が詰まっているそうだが、すべて白紙にして愚者の動向を追ってくれたまえ』

「ピアノの先生もしなくてはならないのですが？」

『世界のためだ』

プロヘリヤは「はあ」と大きな溜息を吐いた。

また仕事が舞い込んできた。

しかも今回は放置しておけば大問題になるタイプの案件。

だからこそプロヘリヤが見過ごすはずもなかった。

「……ピトリナ。ムルナイトへ向かうぞ」

「はい。しかし他の作業はよいのでありますか」

プロヘリヤは通信用鉱石を懐《ふところ》にしまいながら不敵に笑った。

「世界のためだと言われてしまっては仕方がない。命を狙われた借りもあることだし、やつらの企みは私が撃ち抜いてやろうではないか」

「かしこまりました。いつ出発いたしますか」

「すぐに出る。楽しい遠足の始まりだ」

かくして白極連邦の愚者討滅作戦が始まる。

☆

夜。ぼんやりとした月の下。

ムルナイト帝国の路地裏をうろうろしている人影があった。

色素の薄いロングヘアー。やけに露出の多いゴシック風の衣装——先日帝都で起きた連続誘拐事件の裏で暗躍していた少女、愚者01・ララ・ダガーである。

〝01〟という番号が示す通り、銀盤《インセイント》亡き今、ララは天文台の頂点だ。

銀盤《インセイント》の遺志を継ぎ、愚者たちをまとめて世界の秩序を保たなければならない。

現状、この世に復活している愚者は三人だけ。ムルナイト帝国、白極連邦、夭仙郷《ようせんきょう》——三つの魔核《まかく》から蘇《よみがえ》った秩序の守護者たちだ。しかしリウ・ルクシュミオは重傷を負って再起不能になっているため、実質的には二人しか活動できない状況。

残りの三人には緊急コールを出して覚醒《かくせい》を呼びかけているが（そういうこともできるのである）、六百年の眠りは非常に深いようで、すでに二カ月近く経《た》っているのに未だに目覚める気配がなかった。

《称極碑《しょうきょくひ》》に浮かび上がった破壊者たちは好き放題に暴《あば》れている。

秩序を維持するためにも殺さなければならない。

ララが頑張らなければならない。

天文台のリーダーとして、いついかなる時でも冷静に、狡猾《こうかつ》に、敵が隙《すき》を見せる瞬間を虎視眈々《こしたんたん》と狙《ねら》わなければならない。だからこんなところをいつまでもうろついているわけにはいかない。いかないのだが。

のっぴきならない事情がララを襲っていた。


「ナイフ見つからない……」


じわりと涙が浮かんできた。

殲滅外装《せんめつがいそう》01《ゼロイチ》‐《刻》《コク》――ララが銀盤《インセイント》からもらった至高の武器である。

形状はナイフ。めっちゃ強い。あれを所持していたからこそララは幾多の死線を乗り越えることができたのだ。

だが、今はララの手元に《刻》の姿はない。

いつもくるくる回して遊んでいたのがあだとなったのだ。

マーズ・ガレットを手駒として誘拐事件を起こした際、ララは何となく彼の働きぶりが見たくなり、視察に出かけた。そして――なんか色々あってなくした。あの時は近くのクレープ屋さんで買ったクレープを食べていたため、《刻》が邪魔になってベンチに置いたのかもしれない。置き引きされたのだ。なんて治安が悪いのだろう。

それ以来、ララは平静を装って路地裏を彷徨《さまよ》っている。

もちろん《刻》を捜索しているのである。

「――プラスに考えましょう。これは銀盤《インセイント》が私に与えた試練。殲滅外装《せんめつがいそう》ナシで破壊者を仕留めることができれば、私はまた一歩高みへと近づくことができる」

ララは不敵な笑みを浮かべた。

自分でも引き攣っているのが分かる。

仲間からはしばしば「お前は抜けているところがあるな」と言われることが多いが、すべて計算でやっているのだ――とララは内心で強がっている。

――が、実はこの時点で阿呆《あほ》らしい計算外が発生していた。

マーズ・ガレットが捕まったことは想定内。しかし、彼の記憶を消すことができていないため、サクナ・メモワールが持つ【アステリズムの廻転《かいてん》】とかいう理不尽な烈核解放《れっかくかいほう》によってララの正体がムルナイト側に伝わってしまっている。そのことをまだララは知らない。

「ふふ。今宵《こよい》も月がきれいですね」

ララは夜空を見上げてほくそ笑んだ。

特に意味はない。内心の焦《あせ》りを誤魔化すためである。

いずれにせよ、《刻》は早急に見つけなければならなかった。殲滅外装は愚者にとって生命線に等しい。愚者とはもともと無才の集団だ。そんな弱者が破壊者たちとやり合うためには、最強の武器がなければ釣り合わないのである。
愚者。六人の仲間たち。
銀盤《インセイント》の遺志は必ず完遂させなければならない。
かつて見た第六世界のような悲劇は起こしてはならない。
破壊者たちを放置しておけば、文字通り世界は終わってしまうのだから。
現在、天文台の《称極碑》に刻まれた名前は以下の九つである。

スピカ・ラ・ジェミニ
天津夕星《あまつゆうせい》
テラコマリ・ガンデスブラッド
ネリア・カニンガム
天津迦流羅《かるら》
プロヘリヤ・ズタズタスキー
愛蘭翎子《アイラン リンズ》
リオーナ・フラット
サクナ・メモワール

「――多すぎですね」

本当に多すぎる。近頃はテラコマリに感化された破壊者が次から次へと産声《うぶごえ》をあげている。ちょっと前までは夕星、スピカ、テラコマリの三人しか名前が刻まれていなかったのだが、ここ最近で一気に数が増えてしまった。特にリオーナやサクナ、リンズはつい数日前まで無害な一般人だったはずなのに。

やはり優先して倒すべきはテラコマリ・ガンデスブラッド。

そのためには愚者が協力する必要がある。

ララが目覚めたのは去年の暮れ――吸血動乱という戦争でムルナイトの魔核に傷がついた時だ。そこから二、三カ月ほど寝ぼけていたが、夭仙郷のリウ・ルクシュミオが復活して常世《とこよ》で大暴れをしたと聞き、ようやく頭がシャキっとした。シャキっとした時にはすでにルクシュミオはボコボコにされていた。

そこでララは事の重大さを理解し、緊急コールを出して他の愚者の覚醒を促したのだ。

目覚めたのは、魔核にちょっと傷をつけられて半覚醒になっていた白極連邦のやつだけ。

残りの三人は未だに寝ぼけているらしい。

こうなったらリーダーである自分が頑張るしかない。

あらゆる意味で《刻》は見つけなければならなかった。

「仕方ありません。交番に行ってみましょうか」

公権力に頼るのは得策ではないが、手段を選んでいられる状況ではなかった。

ララは鼻歌を歌いながら路地を歩く。

その時――

「――その恰好《かっこう》。あんたが〝ララ・ダガー〟ね」

「!」

宿屋の看板の近くに少女が立っていた。

青い髪と青いドレス、そして狐のようなお面――オバケかと思って悲鳴をあげそうになったが、よく見ればただの不審者である。いや、あの姿には見覚えがあった。

ムルナイト帝国の七紅天《しちぐてん》、ミリセント・ブルーナイト。

彼女はララ以上に不敵な笑みを浮かべて壁に背を預けていた。

「これはこれは七紅天大将軍閣下。私のようなただの通行人に何かご用でしょうか」

「おとぼけに付き合ってる暇はないわ――あんたって天文台の愚者01でしょ? サクナ・メモワールから容姿《ようし》に関する情報は共有されているのよ」

ぎくりとした。

何故、どうして――しかし前述の通りララは正体がバレている理由を知らない。

何か特殊な魔法を使われたのかもしれない――ララはそう当たりをつけた。

魔核の影響下にある生活が実現して以降、魔法技術は飛躍的に進歩したらしい。六百年前には存在しなかった多種多様な魔法が花開いているのだ。

「――ふふ。仮にそうだとして、どうするおつもりですか？」

「もちろん殺すわ――と言いたいところだけど、ヘルデウス・ヘブンからは『捕まえろ』って言われてるのよ。殺して捕まえて牢獄《ろうごく》に放り込んであげるわ」

「我々愚者は魔核に登録されておりません。無限恢復《かいふく》の恩恵は受けられないので、殺すのは勘弁してほしいですね」

「白状したわね」

「隠しても仕方ありませんから」

さて、これからどうすればいいのだろうか。

ララの心臓はさっきからバクバクと跳ねまくっている。

理由は単純、このミリセント・ブルーナイトに勝てるかどうか分からないから。

（……ん？）

そこでララは気づいた。

先ほどからミリセントが片手でナイフを弄《もてあそ》んでいる。

ただのナイフではない。めちゃくちゃ見覚えがあるナイフである。ララがいつもくるくる回している殲滅外装に似ている気がする。というかそのまんまである。どうしてミリセントが持っているのか。置き引きをしたのはこの少女だったのか。そういうことだったのか。

ミリセントがニヤリと笑った。

「あら？　このナイフに見覚えがあるの？」

ララもニヤリと笑っておいた。

「どうでしょう？　よくあるナイフに見えますが」

「きゃははは！　反応を示した時点でバレバレよ——これはリウ・ルクシュミオが持っていた殲滅外装と同種の武器。つまりあんたの切り札の可能性が高いってわけ」

「なるほど」

傍《はた》から見れば絶体絶命。

しかしララは心が晴れていくのを感じた。

敵の武器をわざわざ持ってきてくれるとは親切なことだった。

ミリセントは未熟だ。ララ・ダガーもおっちょこちょいだが、それでもミリセントの何倍もの年月を生きている。経験の差が違うのだ。

「死ね」

ミリセントが別のナイフに持ち替えて襲いかかってきた。

そうだ。殲滅外装は彼女には使えない。

そのかわり、ララ・ダガーなら自由自在に操《あやつ》ることができる。

「——勉強不足でしたね、ミリセントさん」

「!?」

ララはゆっくりと手をかざした。

ミリセントの表情にわずかな痙攣《けいれん》が走る。

次の瞬間——

彼女の懐《ふところ》に忍ばせてあった《刻》が暴れた。

路地裏に真っ赤《まか》な血液が飛び散る。

☆

「〜♪」

ララ・ダガーは鼻歌を歌いながら帝都の路地を進む。

その手に握られているのは殲滅外装01《ゼロイチ》-《刻》。もう絶対になくさない。これさえあればララは天文台でも随一の戦闘能力を発揮《はっき》することができるのだから。

路地には真っ赤な血液がにじんでいる。

死体は放置。だがそれでいいのだ。誰が殺したかなんて分かるはずもない。ララ・ダガーが暗躍していることに気づける者はいない。

「——いえ、すでに私の悪事は露見しているのでしたか」

ちょっと大変なことになりそうだ。

天文台の目的はすべての破壊者を抹殺《まっさつ》すること。

しかしムルナイトをはじめとした六国《りっこく》が邪魔をしてくるのであれば――

返り討ちにしてやるのもいいだろう。

天文台に盾突《たてつ》くことができないほど屈服させてやるのもいいだろう。

もちろん本末転倒にならないよう気をつける必要があるけれど。

「さあ、暗闘の始まりです――おや」

その時、所持していた通信用鉱石が光を発した。

ララは魔力を込めて応じる。白極連邦にいる仲間から連絡が入ったのだ。

「どうしましたか」

そういえば彼からは定時連絡が途絶えていたのだ。

何があったのだろうか――不審に思って問《と》い質《ただ》してみると、思わず目を剝《む》くような答えが返ってきた。曰《いわ》く、彼は単身でプロヘリヤ・ズタズタスキーの暗殺を決行し、あろうことか失敗して白極連邦の牢獄に捕らえられていたのだという。

ララは人知れず嘆息した。

殲滅外装の力で脱出できたからいいものの、一歩間違えればルクシュミオのように再起不能にさせられていた恐れもあるのだ。

「今度は他の愚者と手を取り合って行動するように。破壊者たちは一人で相手にするべきではありませんから」

鉱石の向こうから謝罪の言葉が聞こえた。

反省できるのなら進化の余地がある。

「無事だったのならばいいです。あなたはこれからムルナイトに来るのですよね？　分かりました、それでは私と一緒に……え？　他の三人も？　なるほどなるほど。それは我々にとっては僥倖《ぎょうこう》ですね。銀盤《インセイント》が微笑《ほほえ》んでくれたのでしょう」

彼はララにとって予想外の情報をもたらしてくれた。

ついに。ついに残りの三人が動き出したらしいのである。

緊急コールにようやく気づいてくれたらしい。

「お待ちしております。一緒に頑張りましょうね」

鉱石の向こうの彼は静かに頷《うなず》いた。

魔力を断って通話を切る。

ララは《刻》をくるくるさせながら口の端を吊り上げた。

天文台の愚者は六人、いや五人いるのだ。

今回はルクシュミオのように一人で突っ走ったりはしない。

「……？」

そこでふとポケットが震えた。
これは――ルクシュミオの《縛《バク》》？
何故か殲滅外装が反応を示しているのである。
適合を確かめるためには殲滅外装に血を浴びせる必要がある。
《縛》の切れ端にはミリセントの返り血が染み込んでいた。
ララはゆっくりと振り返る。
「あれ？」
おかしい。ミリセントの死体がない。もう動けないはずなのに。
あるいは死体が自動的に消える魔法でも存在するのだろうか。
その時、ララは奇妙な風の流れを感じて振り仰いだ。
月の光が陰った。
「⁉」
ナイフを構えたミリセントが降ってくる。
その身は傷だらけ。ギラギラと輝く殺意。
咄嗟《とっさ》に反応できなかった。
切っ先がゆっくりとララの頭に落下して――

☆

「さて、コマリ様の小説を音読しましょうか」

「やめろ‼」

ヴィルが背後から原稿を覗き込んできやがった。

私は大慌てで立ち上がると、原稿用紙を抱えて部屋の隅《すみ》まで退避した。

あんなメイドに構っている暇《ひま》はないのだ。

現在、私は『黄昏《たそがれ》のトライアングル』の最終チェックをしていた。これを天照楽土《てんしょうらくど》の出版社に送り返せば、あとはもう刊行を座して待つのみとなる。なんだか実感が湧かないが、天舞祭《てんぶさい》の頃に蒔《ま》いた種がようやく芽を出そうとしているのだった。

発売日は八月の半ば頃。

時間もあまりないため、大急ぎでチェックを済ませる必要がある。

とはいえ焦りは禁物だ。ミスを潰すためにも紙に穴が開くほどの勢いで精読をしなければならない。誤字脱字もそうだが、黒幕の正体が何故か途中に書いてある――なんてポカがあったら目も当てられないからな。

「コマリ様。ヨーヨーで遊びませんか？」

「後にしてくれ」

「めんこで勝負をしましょう。冷蔵庫のジェラートが賞品です」

「今はどうでもいい」

「コマリ様ぁー。暇ですぅー。メイドは主人に構ってもらえないと死んでしまう生き物なんですぅー」

「おいこらっ！　遊びたいならロロでも誘えよ！」

私はタコのごとく絡みついてくるヴィルを振り払いながら原稿を読み続けた。

今日は将軍の仕事が珍しく休みなのだ。

この貴重な時間を無駄にするわけにはいかない。

最近は色々なことがあった。リオーナと戦ったり、リンズと急接近したり、クレちゃんがこっちに来たり、連続誘拐事件が発生したり——だが、今この瞬間だけはすべてを忘れて希代の賢者の本懐を遂げるべきなのである。

「わっ、まだ誤字が残ってた！」

慌てて原稿用紙に朱《しゅ》を入れる。

あと三回は通して読んだほうがいいな。

「コマリ様。コマリ様」

「くそ、読み返すたびに誤字が生まれる！　なんなんだこいつら！」

「コマリ様……」

「この表現、変じゃないよな……？　もう一回辞書で調べておこう」

「コマリ様。反応してくれないといたるところを揉みますよ」

「よし、合ってた――おわあああああああ⁉」

メイドにいたるところを揉まれて絶叫してしまった。

私は憤怒《ふんぬ》の波動をほとばしらせながら振り返る。

「あーもーヴィル！　後でいくらでも遊んであげるから今は静かにしててくれ！　私のジェラート食べていいから！」

「それどころではありません。珍しいお客様が来ているそうですよ」

「はあ？　お客様……？」

見れば、扉のところにガンデスブラッド邸のメイドさん（ヴィルに非《あら》ず）が佇《たたず》んでいた。彼女は申し訳なさそうな顔でこんなことを言った。

「お取込み中のところ失礼いたします。白極連邦からプロヘリヤ・ズタズタスキー様がお越しになっておりまして……」

プロヘリヤ？

プロヘリヤって、あの寒がりのプロヘリヤ？

☆

本当に珍しいお客さんだった。ガンデスブラッド邸の入口に立っていたのは、初夏だというのに冬っぽい服を着た蒼玉の少女――プロヘリヤ・ズタズタスキーである。彼女は私に気がつくと、「おっ」と声をあげて近づいてきた。

「ごきげんようテラコマリ。まだ死んでなかったようだな」

「死……？　どういう意味だ？　というか意外だな、プロヘリヤがうちに来てくれるなんて」

「お茶を楽しみに来たわけではない。私とお前はオトモダチではないのだ」

「ズタズタ殿。宣戦布告なら受けて立ちますよ」

「受けて立つんじゃねえよ」

「宣戦布告でもない。私は仕事でムルナイトに来たのだよ」

ふと、プロヘリヤがでかいリュックを背負っていることに気づいた。

なんだろう？　まるで旅行にでも行くかのような荷物だが――そんな感じで不審に思っていると、プロヘリヤは「ああこれか？」と背中のリュックに視線をやって、

「これはお泊まりセットだ」

「「お泊まりセット??」」

「着替えとか枕とか歯ブラシとかだ。空間魔法で亜空間に収納しておくという手もあったが、ストレージがいっぱいでな。やむを得ずこんな大荷物になってしまった」

「何でお泊まりセット？　ムルナイトにしばらくいるの？」

「ああ。テラコマリの付近に滞在することにした。この屋敷に泊めてもらえると嬉しいのだが、まあ、他種族を入れるのに抵抗があるならばその辺で野宿でもしよう」

「いやいやちょっと待て⁉　別にうちに泊まるのは構わないけど……」

「駄目ですコマリ様。ヒロインが増えてしまう予感がするので追い返してください」

ヴィルがわけの分からぬことを言って私の腕をつかんできた。

プロヘリヤもプロヘリヤで何がしたいのか分からない。

「えっと、仕事で来たんだよな？　どういうことなんだ？」

「ふむ、何から話したものか……これは極秘情報なのだが、白極連邦では愚者討滅作戦が決行されることになってな。詳細は後で説明するが、愚者０５がムルナイト帝国に潜伏していることが判明した。連中の狙いは破壊者の抹殺、つまり私やテラコマリといった〝資質のある者〟を排除することだ」

プロヘリヤは不敵に笑って私を見据えた。

「お前は狙われているぞ、テラコマリ」

「いやまあ、知ってるけど……」

「知っていながら随分呑気なのだな！　さすがはテラコマリ・ガンデスブラッド——だが、だからこそ私がわざわざ来てやったのだ。お前の周りに張っていれば連中は必ず仕掛けてくるだろう。捜索する手間が省《はぶ》けるというものだ」

「コマリ様、やはり追い返しましょう。この蒼玉はコマリ様を囮《おとり》にするつもりですよ」

「囮だなんてとんでもない！　私はお前たちと力を合わせて愚者を倒そうと考えているのだよ。ついでに護衛をしてやるのも吝《やぶさ》かではないぞ」

「なっ……」

胸のトキメキを感じた。

今まで何人もの殺人鬼に命を狙われてきたが、天文台の愚者どもはその中でも常軌《じょうき》を逸《いっ》している。正直言って今度こそ死ぬんじゃないかと不安だったのだが、プロヘリヤみたいに強い人がそばにいてくれるなら安心だ。

私は思わず彼女の手を握って叫んでいた。

「──そ、そうだな！　力を合わせて頑張ろうじゃないか！」

「わっはっはっは！　これにて契約成立だな！　ではさっそくおうちの方に私がこの屋敷に泊まることに関しての許可をもらってきてくれないか」

「いいよ私が許すよ！　ヴィル、プロヘリヤの部屋を用意してあげてくれ」

「イヤなのですが」

「そうだテラコマリ、お風呂を貸してくれないか？　どうにも冷えてしまってな」

「分かった！　よかったら一緒に入るか？　あ、ヴィルはお風呂沸かしてくれない？」

「イヤなのですが」

「いや、一緒に入るのは遠慮しておこう。吸血鬼と慣れ合うつもりはないのだよ」

「それは残念だな……そうだヴィル、晩ご飯はプロヘリヤのぶんも用意してくれ」

「イヤなのですが」

こうして私とプロヘリヤの同盟が成立した。

サクナが突き止めた愚者０１。白極連邦からムルナイトに侵入したという愚者０５。不安は尽きなかったけれど、プロヘリヤがいてくれるなら大丈夫だろう――そんな気がした。

とりあえず、いい機会だからこの少女と仲良くなれるように頑張ろう。

私はちょっとだけ心を弾ませながら屋敷へ戻るのだった。

あ、小説のチェックも頑張らなくちゃ……。

※

だが、この時点でララ・ダガーの計画が始動していることに気づく者はいない。

ミリセント・ブルーナイトの失踪を皮切りに、他の七紅天たち、さらには六国の将軍たちもその命を狙われることになる。

六戦姫と天文台による激動の夏が幕を開けようとしていた。


（おわり）

あとがき

お世話になっております小林湖底です。

7巻からずーっとシリアス寄りなバトルが続いていたので、今回は久しぶりの日常エピソードでした。中盤戦（7巻〜10巻）と銀盤戦（12巻〜）のつなぎみたいな役割ですが、こういうコメディベースの巻もいつか書いてみたいと思っていたので執筆するのが楽しかったです。できれば主要キャラクター全員に満遍《まんべん》なくスポットライトを当てたかったのですが、色々な都合で実現できませんでした……。ヴィルやエステルやプロヘリヤに関しては次巻以降で頑張っていただく予定です（あくまで予定）。スピカはもう少し先かもしれません（これもあくまで予定）。キャラが多くなってくると活躍してもらうのが大変ですよね。と言いながら今回もまた新しいキャラクターがたくさん出てきたのですが……。ちなみにサクナのお話で登場する〝メイジー・ベリーチェイス〟という人物はコミカライズ版からの逆輸入だったりします。デザインだけ先に作っていただいて、11巻で初めて性格などを設定させていただきました。こんな感じの毒々しいキャラで合っていたでしょうかりいちゅ先生。メイジーはコミカライズ版1巻のどこかにチラっと登場しているので、よければ探してみてくださいね。

遅ればせながら謝辞《しゃじ》を。

コミカライズと並行して素敵なイラストを仕上げてくださった、イラスト担当のりいちゅ様。コマリと愉快な仲間たちを愉快に彩《いろど》ってくださった、装丁《そうてい》担当の 柊《ひいらぎ》 椋《りょう》様。アドバイスをいただいたりオムライスを奢《おご》ってくださった、編集担当の杉浦よてん様。その他刊行・販売に携わってくださった多くの皆様。そしてこの本をお手にとってくださった読者の皆様。すべての方々に御礼申し上げます――ありがとうございました！　また次回お会いしましょう。

ファンレター、作品の
ご感想をお待ちしています

〈あて先〉

〒106－0032
東京都港区六本木2－4－5
SBクリエイティブ（株）
GA文庫編集部 気付

「小林湖底先生」係
「りいちゅ先生」係

本書に関するご意見・ご感想は
右の QR コードよりお寄せください。

※アクセスの際や登録時に発生する通信費等はご負担ください。

https://ga.sbcr.jp/

ひきこまり吸血姫の悶々 11

発　行	2023年5月31日	初版第一刷発行
	2023年6月29日	第二刷発行
著　者	小林湖底	
発行人	小川　淳	

発行所　　SBクリエイティブ株式会社
〒106−0032
東京都港区六本木2−4−5
電話　03−5549−1201
03−5549−1167（編集）

装　丁　　柊椋（I.S.W DESIGNING）

印刷・製本　中央精版印刷株式会社

ISBN978-4-8156-2137-7
Printed in Japan　　GA 文庫